GRöLS Verlage

„BÜCHER SIND WIE FALLSCHIRME. SIE NÜTZEN UNS NICHTS, WENN WIR SIE NICHT ÖFFNEN."

Gröls Verlag

Redaktionelle Hinweise und Impressum

Das vorliegende Werk wurde zugunsten der Authentizität sehr zurückhaltend bearbeitet. So wurden etwa ursprüngliche Rechtschreibfehler *nicht* systematisch behoben, denn kleine Unvollkommenheiten machen das Buch – wie im Übrigen den Menschen – erst authentisch. Mitunter wurden jedoch zum Beispiel Absätze behutsam neu getrennt, um den Lesefluss zu erleichtern.

Um die Texte zu rekonstruieren, werden antiquarische Bücher von Lesegeräten gescannt und dann durch eine Software lesbar gemacht. Der so entstandene Text wird von Menschen gegengelesen und korrigiert – hierbei treten auch Fehler auf. Wenn Sie ebenfalls antiquarische Texte einreichen möchten, finden Sie weitere Informationen auf www.groels.de

Viel Freude bei der Lektüre wünscht Ihnen das Team des Gröls-Verlags.

Adressen

Verleger: Sophia Gröls, Im Borngrund 26, 61440 Oberursel

Externer Dienstleister für Distribution & Herstellung: BoD, In de Tarpen 42, 22848 Norderstedt

Unsere „Edition | Werke der Weltliteratur“ hat den Anspruch, eine der größten und vollständigsten Sammlungen klassischer Literatur in deutscher Sprache zu sein. Nach und nach versammeln wir hier nicht nur die „üblichen Verdächtigen“ von Goethe bis Schiller, sondern auch Kleinode der vergangenen Jahrhunderte, die – zu Unrecht – drohen, in Vergessenheit zu geraten. Wir kultivieren und kuratieren damit einen der wertvollsten Bereiche der abendländischen Kultur. Kleine Auswahl:

Francis Bacon • Neues Organon • **Balzac** • Glanz und Elend der Kurtisanen • **Joachim H. Campe** • Robinson der Jüngere • **Dante Alighieri** • Die Göttliche Komödie • **Daniel Defoe** • Robinson Crusoe • **Charles Dickens** • Oliver Twist • **Denis Diderot** • Jacques der Fatalist • **Fjodor Dostojewski** • Schuld und Sühne • **Arthur Conan Doyle** • Der Hund von Baskerville • **Marie von Ebner-Eschenbach** • Das Gemeindekind • **Elisabeth von Österreich** • Das Poetische Tagebuch • **Friedrich Engels** • Die Lage der arbeitenden Klasse • **Ludwig Feuerbach** • Das Wesen des Christentums • **Johann G. Fichte** • Reden an die deutsche Nation • **Fitzgerald** • Zärtlich ist die Nacht • **Flaubert** • Madame Bovary • **Gorch Fock** • Seefahrt ist not! • **Theodor Fontane** • Effi Briest • **Robert Musil** • Über die Dummheit • **Edgar Wallace** • Der Frosch mit der Maske • **Jakob Wassermann** • Der Fall Maurizius • **Oscar Wilde** • Das Bildnis des Dorian Grey • **Émile Zola** • Germinal • **Stefan Zweig** • Schachnovelle • **Hugo von Hofmannsthal** • Der Tor und der Tod • **Anton Tschechow** • Ein Heiratsantrag • **Arthur Schnitzler** • Reigen • **Friedrich Schiller** • Kabale und Liebe • **Nicolo Machiavelli** • Der Fürst • **Gotthold E. Lessing** • Nathan der Weise • **Augustinus** • Die Bekenntnisse des heiligen Augustinus • **Marcus Aurelius** • Selbstbetrachtungen • **Charles Baudelaire** • Die Blumen des Bösen • **Harriett Stowe** • Onkel Toms Hütte • **Walter Benjamin** • Deutsche Menschen • **Hugo Bettauer** • Die Stadt ohne Juden • **Lewis Caroll** • *und viele mehr….*

Johanna Spyri

Heidis Lehr- und Wanderjahre

Inhalt

Zum Alm-Öhi hinauf

Vom freundlichen Dorfe Maienfeld führt ein Fußweg durch grüne, baumreiche Fluren bis zum Fuße der Höhen, die von dieser Seite groß und ernst auf das Tal herniederschauen. Wo der Fußweg anfängt, beginnt bald Heideland mit dem kurzen Gras und den kräftigen Bergkräutern dem Kommenden entgegenzuduften, denn der Fußweg geht steil und direkt zu den Alpen hinauf.

Auf diesem schmalen Bergpfade stieg am hellen, sonnigen Junimorgen ein großes, kräftig aussehendes Mädchen dieses Berglandes hinan, ein Kind an der Hand führend, dessen Wangen so glühend waren, dass sie selbst die sonnverbrannte, völlig braune Haut des Kindes flammend rot durchleuchteten. Es war auch kein Wunder: Das Kind war trotz der heißen Junisonne so verpackt, als hätte es sich eines bitteren Frostes zu erwehren. Das kleine Mädchen mochte kaum fünf Jahre zählen; was aber seine natürliche Gestalt war, konnte man nicht ersehen, denn es hatte sichtlich zwei, wenn nicht drei Kleider übereinander angezogen und drüberhin ein großes, rotes Baumwolltuch um und um gebunden, so dass die kleine Person eine völlig formlose Figur darstellte, die, in zwei schwere, mit Nägeln beschlagene Bergschuhe gesteckt, sich heiß und mühsam den Berg hinaufarbeitete. Eine Stunde vom Tal aufwärts mochten die beiden gestiegen sein, als sie zu dem Weiler kamen, der auf halber Höhe der Alm liegt und „im Dörfli" heißt. Hier wurden die Wandernden fast von jedem Hause aus angerufen, einmal vom Fenster, einmal von einer Haustür und einmal vom Wege her, denn das Mädchen war in seinem Heimatort angelangt. Es machte aber nirgends Halt, sondern erwiderte alle zugerufenen Grüße und Fragen im Vorbeigehen, ohne still zu stehen, bis es am Ende des Weilers bei dem letzten der zerstreuten Häuschen angelangt war. Hier rief es aus einer Tür: „Wart einen Augenblick, Dete, ich komme mit, wenn du weiter hinaufgehst."

Die Angeredete stand still; sofort machte sich das Kind von ihrer Hand los und setzte sich auf den Boden.

„Bist du müde, Heidi?“, fragte die Begleiterin.

„Nein, es ist mir heiß“, entgegnete das Kind.

„Wir sind jetzt gleich oben, du musst dich nur noch ein wenig anstrengen und große Schritte nehmen, dann sind wir in einer Stunde oben“, ermunterte die Gefährtin.

Jetzt trat eine breite gutmütig aussehende Frau aus der Tür und gesellte sich zu den beiden. Das Kind war aufgestanden und wanderte nun hinter den zwei alten Bekannten her, die sofort in ein lebhaftes Gespräch gerieten über allerlei Bewohner des „Dörfli“ und vieler umherliegender Behausungen.

„Aber wohin willst du eigentlich mit dem Kinde, Dete?“, fragte jetzt die neu Hinzugekommene. „Es wird wohl deiner Schwester Kind sein, das hinterlassene.“

„Das ist es“, erwiderte Dete, „ich will mit ihm hinauf zum Öhi, es muss dort bleiben.“

„Was, beim Alm-Öhi soll das Kind bleiben? Du bist, denk ich, nicht recht bei Verstand, Dete! Wie kannst du so etwas tun! Der Alte wird dich aber schon heimschicken mit deinem Vorhaben!“

„Das kann er nicht, er ist der Großvater, er muss etwas tun, ich habe das Kind bis jetzt gehabt, und das kann ich dir schon sagen, Barbel, dass ich einen Platz, wie ich ihn jetzt haben kann, nicht dahinten lasse um des Kindes willen; jetzt soll der Großvater das Seinige tun.“

„Ja, wenn der wäre wie andere Leute, dann schon“, bestätigte die kleine Barbel eifrig; „aber du kennst ja den. Was wird der mit einem Kinde anfangen und dann noch einem so kleinen! Das hält's nicht aus bei ihm! Aber wo willst du denn hin?“

„Nach Frankfurt“, erklärte Dete, „da bekomm ich einen extraguten Dienst. Die Herrschaft war schon im vorigen Sommer unten im Bad, ich habe ihre Zimmer auf meinem Gang gehabt und sie besorgt, und schon damals wollten sie mich mitnehmen, aber ich konnte nicht fortkommen, und jetzt sind sie wieder da und wollen mich mitnehmen, und ich will auch gehen, da kannst du sicher sein."

„Ich möchte nicht das Kind sein!", rief die Barbel mit abwehrender Gebärde aus. „Es weiß ja kein Mensch, was mit dem Alten da oben ist! Mit keinem Menschen will er etwas zu tun haben, jahraus, jahrein setzt er keinen Fuß in eine Kirche, und wenn er mit seinem dicken Stock im Jahr einmal herunterkommt, so weicht ihm alles aus und muss sich vor ihm fürchten. Mit seinen dicken grauen Augenbrauen und dem furchtbaren Bart sieht er auch aus wie ein alter Heide und Indianer, dass man froh ist, wenn man ihm nicht allein begegnet."

„Und wenn auch", sagte Dete trotzig, „er ist der Großvater und muss für das Kind sorgen, er wird ihm wohl nichts tun, sonst hat er's zu verantworten, nicht ich."

„Ich möchte nur wissen", sagte die Barbel forschend, „was der Alte auf dem Gewissen hat, dass er solche Augen macht und so mutterseelenallein da droben auf der Alm bleibt und sich fast nie blicken lässt. Man sagt allerhand von ihm; du weißt doch gewiss auch etwas davon, von deiner Schwester, nicht, Dete?"

„Freilich, aber ich rede nicht; wenn er's hörte, so käme ich schön an!"

Aber die Barbel hätte schon lange gern gewusst, wie es sich mit dem Alm-Öhi verhalte, dass er so menschenfeindlich aussehe und da oben ganz allein wohne und die Leute immer so mit halben Worten von ihm redeten, als fürchteten sie sich, gegen ihn zu sein, und wollten doch nicht für ihn sein. Auch wusste die Barbel gar nicht, warum der Alte von allen Leuten im Dörfli der Alm-Öhi genannt wurde, er konnte doch nicht der wirkliche Oheim von den sämtlichen Bewohnern sein; da aber alle ihn so nannten, tat sie es auch und nannte den Alten nie anders als Öhi, was die Aussprache der Gegend für Oheim ist. Die Barbel hatte sich erst vor kurzer Zeit nach dem Dörfli hinauf verheiratet, vorher hatte sie unten im Prättigau gewohnt, und so war sie noch nicht so ganz bekannt mit allen Erlebnissen und besonderen Persönlichkeiten aller Zeiten vom Dörfli und der Umgegend. Die Dete, ihre gute Bekannte, war dagegen vom Dörfli gebürtig und hatte da gelebt mit ihrer Mutter bis vor einem Jahr; da war diese gestorben, und die Dete war nach dem Bade Ragaz hinübergezogen, wo sie im großen Hotel als Zimmermädchen einen guten Verdienst fand. Sie war auch an diesem Morgen mit dem Kinde von Ragaz hergekommen; bis Maienfeld hatte sie auf einem Heuwagen fahren können, auf dem ein Bekannter von ihr heimfuhr und sie und das Kind mitnahm. – Die Barbel wollte also diesmal die gute Gelegenheit, etwas zu vernehmen, nicht unbenutzt vorbeigehen lassen; sie fasste vertraulich die Dete am Arm und sagte: „Von dir kann man doch vernehmen, was wahr ist und was die Leute darüber hinaus sagen; du weißt, denk ich, die ganze Geschichte. Sag mir jetzt ein wenig, was mit dem Alten ist und ob der immer so gefürchtet und ein solcher Menschenhasser war."

„Ob er immer so war, kann ich, denk ich, nicht präzis wissen, ich bin jetzt sechsundzwanzig und er sicher siebzig Jahr alt; so hab ich ihn nicht gesehen, wie er jung war, das wirst du nicht erwarten. Wenn ich aber wüsste, dass es nachher nicht im ganzen Prättigau herumkäme, so könnte ich dir schon allerhand erzählen von ihm; meine Mutter war aus dem Domleschg und er auch."

„A bah, Dete, was meinst denn?", gab die Barbel ein wenig beleidigt zurück; „es geht nicht so streng mit dem Schwatzen im Prättigau, und dann kann ich schon etwas für mich behalten, wenn es sein muss. Erzähl mir's jetzt, es muss dich nicht gereuen."

„Ja nu, so will ich, aber halt Wort!", mahnte die Dete. Erst sah sie sich aber um, ob das Kind nicht zu nah sei und alles anhöre, was sie sagen wollte; aber das Kind war gar nicht zu sehen, es musste schon seit einiger Zeit den beiden Begleiterinnen nicht mehr gefolgt sein, diese hatten es aber im Eifer der Unterhaltung nicht bemerkt. Dete stand still und schaute sich überall um. Der Fußweg machte einige Krümmungen, doch konnte man ihn fast bis zum Dörfli hinunter übersehen, es war aber niemand darauf sichtbar.

„Jetzt seh ich's", erklärte die Barbel; „siehst du dort?", und sie wies mit dem Zeigefinger weitab vom Bergpfad. „Es klettert die Abhänge hinauf mit dem Geißenpeter und seinen Geißen. Warum der heut so spät hinauffährt mit seinen Tieren? Es ist aber gerad recht, er kann nun zu dem Kinde sehen, und du kannst mir umso besser erzählen."

„Mit dem Nach-ihm-Sehen muss sich der Peter nicht anstrengen", bemerkte die Dete; „es ist nicht dumm für seine fünf Jahre, es tut seine Augen auf und sieht, was vorgeht, das hab ich schon bemerkt an ihm, und es wird ihm einmal zugut kommen, denn der Alte hat gar nichts mehr als seine zwei Geißen und die Almhütte."

„Hat er denn einmal mehr gehabt?", fragte die Barbel.

„Der? Ja, das denk ich, dass er einmal mehr gehabt hat", entgegnete eifrig die Dete; „eins der schönsten Bauerngüter im Domleschg hat er gehabt. Er war der ältere Sohn und hatte nur noch einen Bruder, der war still und ordentlich. Aber der Ältere wollte nichts tun, als den Herrn spielen und im Lande herumfahren und mit bösem Volk zu tun haben, das niemand kannte. Den ganzen Hof hat er verspielt und verzecht, und wie es herauskam, da sind sein Vater und seine Mutter hintereinander gestorben vor lauter Gram, und der Bruder, der nun auch am Bettelstab war, ist vor Verdruss in die Welt hinaus, es weiß kein Mensch wohin, und der Öhi selber, als er nichts mehr hatte als einen bösen Namen, ist auch verschwunden. Erst wusste niemand wohin, dann vernahm man, er sei unter das Militär gegangen nach Neapel, und dann hörte man nichts mehr von ihm zwölf oder fünfzehn Jahre lang. Dann auf einmal erschien er wieder im Domleschg mit einem halb erwachsenen Buben und wollte diesen in der Verwandtschaft unterzubringen suchen. Aber es schlossen sich alle Türen vor ihm, und keiner wollte mehr etwas von ihm wissen. Das erbitterte ihn sehr; er sagte, ins Domleschg setze er keinen Fuß mehr, und dann kam er hierher ins Dörfli und lebte da mit dem Buben. Die Frau muss eine Bündnerin gewesen sein, die er dort unten getroffen und dann bald wieder verloren hatte. Er musste noch etwas Geld haben, denn er ließ den Buben, den Tobias, ein Handwerk erlernen, Zimmermann, und der war ein ordentlicher Mensch und wohlgelitten bei allen Leuten im Dörfli. Aber dem Alten traute keiner, man sagte auch, er sei von Neapel desertiert, es wäre ihm sonst schlimm gegangen, denn er habe einen erschlagen, natürlich nicht im Krieg, verstehst du, sondern beim Raufhandel. Wir anerkannten aber die Verwandtschaft, da meiner Mutter Großmutter mit seiner Großmutter Geschwisterkind gewesen war. So nannten wir ihn Öhi, und da wir fast mit allen Leuten im Dörfli wieder verwandt sind vom Vater her, so nannten ihn diese alle auch Öhi, und seit er dann auf die Alm hinaufgezogen war, hieß er eben nur noch der „Alm-Öhi“.“

„Aber wie ist es dann mit dem Tobias gegangen?“, fragte gespannt die Barbel.

„Wart nur, das kommt schon, ich kann nicht alles auf einmal sagen“, erklärte Dete. „Also der Tobias war in der Lehre draußen in Mels, und sowie er fertig war, kam er heim ins Dörfli und nahm meine Schwester zur Frau, die Adelheid, denn sie hatten sich schon immer gern gehabt, und auch wie sie nun verheiratet waren, konnten sie's sehr gut zusammen. Aber es ging nicht lange. Schon zwei Jahre nachher, wie er an einem Hausbau mithalf, fiel ein Balken auf ihn herunter und schlug ihn tot. Und wie man den Mann so entstellt nach Hause brachte, da fiel die Adelheid vor Schrecken und Leid in ein heftiges Fieber und konnte sich nicht mehr erholen, sie war sonst nicht sehr kräftig und hatte manchmal so eigene Zustände gehabt, dass man nicht recht wusste, schlief sie oder war sie wach. Nur ein paar Wochen, nachdem der Tobias tot war, begrub man auch die Adelheid. Da sprachen alle Leute weit und breit von dem traurigen Schicksal der beiden, und leise und laut sagten sie, das sei die Strafe, die der Öhi verdient habe für sein gottloses Leben, und ihm selbst wurde es gesagt und auch der Herr Pfarrer redete ihm ins Gewissen, er sollte doch jetzt Buße tun, aber er wurde nur immer grimmiger und verstockter und redete mit niemandem mehr, es ging ihm auch jeder aus dem Wege. Auf einmal hieß es, der Öhi sei auf die Alm hinaufgezogen und komme gar nicht mehr herunter, und seither ist er dort und lebt mit Gott und Menschen im Unfrieden. Das kleine Kind der Adelheid nahmen wir zu uns, die Mutter und ich; es war ein Jahr alt. Wie nun im letzten Sommer die Mutter starb und ich im Bad drunten etwas verdienen wollte, nahm ich es mit und gab es der alten Ursel oben im Pfäfferserdorf in die

Kost. Ich konnte auch im Winter im Bad bleiben, es gab allerhand Arbeit, weil ich zu nähen und flicken verstehe, und früh im Frühling kam die Herrschaft aus Frankfurt wieder, die ich voriges Jahr bedient hatte und die mich mitnehmen will; übermorgen reisen wir ab, und der Dienst ist gut, das kann ich dir sagen."

„Und dem Alten da droben willst du nun das Kind übergeben? Es nimmt mich nur wunder, was du denkst, Dete", sagte die Barbel vorwurfsvoll.

„Was meinst du denn?", gab Dete zurück. „Ich habe das Meinige an dem Kinde getan, und was sollte ich denn mit ihm machen? Ich denke, ich kann eines, das erst fünf Jahre alt wird, nicht mit nach Frankfurt nehmen. Aber wohin gehst du eigentlich, Barbel, wir sind ja schon halbwegs auf der Alm?"

„Ich bin auch gleich da, wo ich hinmuss", entgegnete die Barbel; „ich habe mit der Geißenpeterin zu reden, sie spinnt mir im Winter. So leb wohl, Dete, mit Glück!"

Dete reichte der Begleiterin die Hand und blieb stehen, während diese der kleinen, dunkelbraunen Almhütte zuging, die einige Schritte seitwärts vom Pfad in einer Mulde stand, wo sie vor dem Bergwind ziemlich geschützt war. Die Hütte stand auf der halben Höhe der Alm, vom Dörfli aus gerechnet, und dass sie in einer kleinen Vertiefung des Berges stand, war gut, denn sie sah so baufällig und verfallen aus, dass es auch so noch ein gefährliches Darinwohnen sein musste, wenn der Föhnwind so mächtig über die Berge strich, dass alles an der Hütte klapperte, Türen und Fenster, und alle die morschen Balken zitterten und krachten. Hätte die Hütte an solchen Tagen oben auf der Alm gestanden, sie wäre unverzüglich ins Tal hinabgeweht worden.

Hier wohnte der Geißenpeter, der elfjährige Bube, der jeden Morgen unten im Dörfli die Geißen holte, um sie hoch auf die Alm hinaufzutreiben, um sie da die kurzen kräftigen Kräuter fressen zu lassen bis zum Abend; dann sprang der Peter mit den leichtfüßigen Tierchen wieder herunter, tat, im Dörfli angekommen, einen schrillen Pfiff durch die Finger, und jeder Besitzer holte seine Geiß auf dem Platz. Meistens kamen kleine Buben und Mädchen, denn die friedlichen Geißen waren nicht zu fürchten, und das war denn den ganzen Sommer durch die einzige Zeit am Tage, da der Peter mit seinesgleichen verkehrte; sonst lebte er nur mit den Geißen. Er hatte zwar daheim seine Mutter und die blinde Großmutter; aber da er immer am Morgen sehr früh fortmusste und am Abend vom Dörfli spät heimkam, weil er sich da noch so lange als möglich mit den Kindern unterhalten musste, so verbrachte er daheim nur gerade so viel Zeit, um am Morgen seine Milch und Brot und am Abend ebendasselbe hinunterzuschlucken und dann sich aufs Ohr zu legen und zu schlafen. Sein Vater, der auch schon der Geißenpeter genannt worden war, weil er in früheren Jahren in demselben Berufe gestanden hatte, war vor einigen Jahren beim Holzfällen verunglückt. Seine Mutter, die zwar Brigitte hieß, wurde von jedermann um des Zusammenhangs willen die Geißenpeterin genannt, und die blinde Großmutter kannten weit und breit Alt und Jung nur unter dem Namen Großmutter.

Die Dete hatte wohl zehn Minuten gewartet und sich nach allen Seiten umgesehen, ob die Kinder mit den Geißen noch nirgends zu sehen seien; als dies aber nicht der Fall war, so stieg sie noch ein wenig höher, wo sie besser die ganze Alm bis hinunter übersehen konnte, und guckte nun von hier aus bald dahin, bald dorthin mit Zeichen großer Ungeduld auf dem Gesicht und in den Bewegungen. Unterdessen rückten die Kinder auf einem großen Umwege heran, denn der Peter wusste viele Stellen, wo allerhand Gutes an Sträuchern und Gebüschen für seine Geißen zu nagen war; darum machte er mit seiner Herde vielerlei Wendungen auf dem Wege. Erst war das Kind mühsam nachgeklettert, in seiner schweren Rüstung vor Hitze und Unbequemlichkeit keuchend und alle Kräfte anstrengend. Es sagte kein Wort, blickte aber unverwandt bald auf den Peter, der mit seinen nackten Füßen und leichten Höschen ohne alle Mühe hin und her sprang, bald auf die Geißen, die mit den dünnen, schlanken Beinchen noch leichter über Busch und Stein und steile Abhänge hinaufkletterten. Auf einmal setzte das Kind sich auf den Boden nieder, zog mit großer Schnelligkeit Schuhe und Strümpfe aus, stand wieder auf, zog sein rotes, dickes Halstuch weg, machte sein Röckchen auf, zog es schnell aus und hatte gleich noch eins auszuhäkeln, denn die Base Dete hatte ihm das Sonntagskleidchen über das Alltagszeug angezogen, um der Kürze willen, damit niemand es tragen müsse. Blitzschnell war auch das Alltagsröcklein weg, und nun stand das Kind im leichten Unterröckchen, die bloßen Arme aus den kurzen Hemdärmelchen vergnüglich in die Luft hinausstreckend. Dann legte es schön alles auf ein Häufchen, und nun sprang und kletterte es hinter den Geißen und neben dem Peter her, so leicht als nur eines aus der ganzen Gesellschaft. Der Peter hatte nicht Acht gegeben, was das Kind mache, als es zurückgeblieben war. Wie es nun in der neuen Bekleidung nachgesprungen kam, zog er lustig grinsend das ganze Gesicht auseinander und schaute zurück, und wie er unten das Häuflein Kleider liegen sah, ging sein Gesicht noch ein wenig mehr auseinander, und sein Mund kam fast von einem Ohr bis zum anderen; er sagte aber nichts. Wie nun das Kind sich so frei und leicht fühlte, fing es ein Gespräch mit dem Peter an, und er fing auch an zu reden und musste auf vielerlei antworten, denn das Kind wollte wissen, wie viele Geißen er habe und wohin er mit ihnen gehe und was er dort tue, wo er hinkomme. So langten endlich die Kinder samt den Geißen oben bei der Hütte an und kamen der Base Dete zu Gesicht. Kaum aber hatte diese die herankletternde Gesellschaft erblickt, als sie laut aufschrie: „Heidi, was machst du? Wie siehst du aus? Wo hast du deinen Rock und den zweiten und das Halstuch? Und ganz neue Schuhe habe ich dir gekauft auf den Berg und dir neue Strümpfe gemacht, und alles fort! Alles fort! Heidi, was machst du, wo hast du alles?“

Das Kind zeigte ruhig den Berg hinunter und sagte: „Dort!“ Die Base folgte seinem Finger. Richtig, dort lag etwas und obenauf war ein roter Punkt, das musste das Halstuch sein.

„Du Unglückstropf!“, rief die Base in großer Aufregung. „Was kommt dir denn in den Sinn, warum hast du alles ausgezogen? Was soll das sein?“

„Ich brauch es nicht“, sagte das Kind und sah gar nicht reuevoll aus über seine Tat.

„Ach du unglückseliges, vernunftloses Heidi, hast du denn auch noch gar keine Begriffe?“, jammerte und schalt die Base weiter. „Wer sollte nun wieder da hinunter, es ist ja eine halbe Stunde! Komm, Peter, lauf du mir schnell zurück und hol das Zeug, komm schnell und steh nicht dort und glotze mich an, als wärst du am Boden festgenagelt.“

„Ich bin schon zu spät“, sagte Peter langsam und blieb, ohne sich zu rühren, auf demselben Fleck stehen, von dem aus er, beide Hände in die Taschen gesteckt, dem Schreckensausbruch der Base zugehört hatte.

„Du stehst ja doch nur und reißest deine Augen auf und kommst, denk ich, nicht weit auf die Art!“, rief ihm die Base Dete zu. „Komm her, du musst etwas Schönes haben, siehst du?“ Sie hielt ihm ein neues Fünferchen hin, das glänzte ihm in die Augen. Plötzlich sprang er auf und davon auf dem geradesten Weg die Alm hinunter und kam in ungeheuren Sätzen in kurzer Zeit bei dem Häuflein Kleider an, packte sie auf und erschien damit so schnell, dass ihn die Base rühmen musste und ihm sogleich sein Fünfrappenstück überreichte. Peter steckte es schnell tief in seine Tasche, und sein Gesicht glänzte und lachte in voller Breite, denn ein solcher Schatz wurde ihm nicht oft zuteil.

„Du kannst mir das Zeug noch tragen bis zum Öhi hinauf, du gehst ja auch den Weg“, sagte die Base Dete jetzt, indem sie sich anschickte, den steilen Abhang zu erklimmen, der gleich hinter der Hütte des Geißenpeter emporragte. Willig übernahm dieser den Auftrag und folgte der Voranschreitenden auf dem Fuße nach, den linken Arm um sein Bündel geschlungen, in der Rechten die Geißenrute schwingend. Das Heidi und die Geißen hüpften und sprangen fröhlich neben ihm her. So gelangte der Zug nach drei Viertelstunden auf die Almhöhe, wo frei auf dem Vorsprung des Berges die Hütte des alten Öhi stand, allen Winden ausgesetzt, aber auch jedem Sonnenblick zugänglich und mit der vollen Aussicht weit ins Tal hinab. Hinter der Hütte standen drei alte Tannen mit dichten, langen, unbeschnittenen Ästen. Weiter hinten ging es nochmals bergan bis hoch hinauf in die alten, grauen Felsen, erst noch über schöne, kräuterreiche Höhen, dann in steiniges Gestrüpp und endlich zu den kahlen, steilen Felsen hinan.

An die Hütte festgemacht, der Talseite zu, hatte sich der Öhi eine Bank gezimmert. Hier saß er, eine Pfeife im Mund, beide Hände auf seine Knie gelegt, und schaute ruhig zu, wie die Kinder, die Geißen und die Base Dete herankletterten, denn die Letztere war nach und nach von den anderen überholt worden. Heidi war zuerst oben; es ging geradeaus auf den Alten zu, streckte ihm die Hand entgegen und sagte: „Guten Abend, Großvater!"

„So, so, wie ist das gemeint?", fragte der Alte barsch, gab dem Kinde kurz die Hand und schaute es mit einem langen, durchdringenden Blick an, unter seinen buschigen Augenbrauen hervor. Heidi gab den langen Blick ausdauernd zurück, ohne nur einmal mit den Augen zu zwinkern, denn der Großvater mit dem langen Bart und den dichten, grauen Augenbrauen, die in der Mitte zusammengewachsen waren und aussahen wie eine Art Gesträuch, war so verwunderlich anzusehen, dass Heidi ihn recht betrachten musste. Unterdessen war auch die Base herangekommen samt dem Peter, der eine Weile stille stand und zusah, was sich da ereigne.

„Ich wünsche Euch guten Tag, Öhi", sagte die Dete hinzutretend, „und hier bring ich Euch das Kind vom Tobias und der Adelheid. Ihr werdet es wohl nicht mehr kennen, denn seit es jährig war, habt Ihr es nie mehr gesehen."

„So, was muss das Kind bei mir?", fragte der Alte kurz; „und du dort", rief er dem Peter zu, „du kannst gehen mit deinen Geißen, du bist nicht zu früh; nimm meine mit!"

Der Peter gehorchte sofort und verschwand, denn der Öhi hatte ihn angeschaut, dass er schon genug davon hatte.

„Es muss eben bei Euch bleiben, Öhi", gab die Dete auf seine Frage zurück. „Ich habe, denk ich, das Meinige an ihm getan die vier Jahre durch, es wird jetzt wohl an Euch sein, das Eurige auch einmal zu tun."

„So", sagte der Alte und warf einen blitzenden Blick auf die Dete. „Und wenn nun das Kind anfängt, dir nachzuflennen und zu winseln, wie kleine Unvernünftige tun, was muss ich dann mit ihm anfangen?"

„Das ist dann Eure Sache“, warf die Dete zurück, „ich meine fast, es habe mir auch kein Mensch gesagt, wie ich es mit dem Kleinen anzufangen habe, als es mir auf den Händen lag, ein einziges Jährchen alt, und ich schon für mich und die Mutter genug zu tun hatte. Jetzt muss ich meinem Verdienst nach, und Ihr seid der Nächste am Kind; wenn Ihr's nicht haben könnt, so macht mit ihm, was Ihr wollt, dann habt Ihr's zu verantworten, wenn's verdirbt, und Ihr werdet wohl nicht nötig haben, noch etwas aufzuladen.“

Die Dete hatte kein recht gutes Gewissen bei der Sache, darum war sie so hitzig geworden und hatte mehr gesagt, als sie im Sinn gehabt hatte. Bei ihren letzten Worten war der Öhi aufgestanden; er schaute sie so an, dass sie einige Schritte zurückwich; dann streckte er den Arm aus und sagte befehlend: „Mach, dass du hinunterkommst, wo du heraufgekommen bist, und zeig dich nicht so bald wieder!“ Das ließ sich die Dete nicht zweimal sagen. „So lebt wohl, und du auch, Heidi“, sagte sie schnell und lief den Berg hinunter in einem Trab bis ins Dörfli hinab, denn die innere Aufregung trieb sie vorwärts wie eine wirksame Dampfkraft. Im Dörfli wurde sie diesmal noch viel mehr angerufen, denn es wunderte die Leute, wo das Kind sei; sie kannten ja alle die Dete genau und wussten, wem das Kind gehörte und alles, was mit ihm vorgegangen war. Als es nun aus allen Türen und Fenstern tönte: „Wo ist das Kind? Dete, wo hast du das Kind gelassen?“, rief sie immer unwilliger zurück: „Droben beim Alm-Öhi! Nun, beim Alm-Öhi, ihr hört's ja!“

Sie wurde aber so maßleidig, weil die Frauen von allen Seiten ihr zuriefen: „Wie kannst du so etwas tun!“, und: „Das arme Tröpfli!“, und: „So ein kleines Hilfloses da droben lassen!“, und dann wieder und wieder: „Das arme Tröpfli!“ Die Dete lief, so schnell sie konnte, weiter und war froh, als sie nichts mehr hörte, denn es war ihr nicht wohl bei der Sache; ihre Mutter hatte ihr beim Sterben das Kind noch übergeben. Aber sie sagte sich zur Beruhigung, sie könne dann ja eher wieder etwas für das Kind tun, wenn sie nun viel Geld verdiene, und so war sie sehr froh, dass sie bald weit von allen Leuten, die ihr dreinredeten, weg- und zu einem schönen Verdienst kommen konnte.

Beim Großvater

Nachdem die Dete verschwunden war, hatte der Öhi sich wieder auf die Bank hingesetzt und blies nun große Wolken aus seiner Pfeife; dabei starrte er auf den Boden und sagte kein Wort. Derweilen schaute das Heidi vergnüglich um sich, entdeckte den Geißenstall, der an die Hütte angebaut war, und guckte hinein. Es war nichts drin. Das Kind setzte seine Untersuchungen fort und kam hinter die Hütte zu den alten Tannen. Da blies der Wind durch die Äste so stark, dass es sauste und brauste oben in den Wipfeln. Heidi blieb stehen und hörte zu. Als es ein wenig stiller wurde, ging das Kind um die kommende Ecke der Hütte herum und kam vorn wieder zum Großvater zurück. Als es diesen noch in derselben Stellung erblickte, wie es ihn verlassen hatte, stellte es sich vor ihn hin, legte die Hände auf den Rücken und betrachtete ihn. Der Großvater schaute auf. „Was willst du jetzt tun?“, fragte er, als das Kind immer noch unbeweglich vor ihm stand.

„Ich will sehen, was du drinnen hast, in der Hütte“, sagte Heidi.

„So komm!“, und der Großvater stand auf und ging voran in die Hütte hinein.

„Nimm dort dein Bündel Kleider noch mit“, befahl er im Hereintreten.

„Das brauch ich nicht mehr“, erklärte Heidi.

Der Alte kehrte sich um und schaute durchdringend auf das Kind, dessen schwarze Augen glühten in Erwartung der Dinge, die da drinnen sein konnten. „Es kann ihm nicht an Verstand fehlen“, sagte er halblaut. „Warum brauchst du's nicht mehr?“, setzte er laut hinzu.

„Ich will am liebsten gehen wie die Geißen, die haben ganz leichte Beinchen.“

„So, das kannst du, aber hol das Zeug“, befahl der Großvater, „es kommt in den Kasten.“ Heidi gehorchte. Jetzt machte der Alte die Tür auf und Heidi trat hinter ihm her in einen ziemlich großen Raum ein, es war der Umfang der ganzen Hütte. Da stand ein Tisch und ein Stuhl daran; in einer Ecke war des Großvaters Schlaflager, in einer anderen hing der große Kessel über dem Herd; auf der anderen Seite war eine große Tür in der Wand, die machte der Großvater auf, es war der Schrank. Da hingen seine Kleider drin und auf einem Gestell lagen ein paar Hemden, Strümpfe und Tücher und auf einem anderen einige Teller und Tassen und Gläser und auf dem obersten ein rundes Brot und geräuchertes Fleisch und Käse, denn in dem Kasten war alles enthalten, was der Alm-Öhi besaß und zu seinem Lebensunterhalt gebrauchte. Wie er nun den Schrank aufgemacht hatte, kam das Heidi schnell heran und stieß sein Zeug hinein, so weit hinter des Großvaters Kleider als möglich, damit es nicht so leicht wieder zu finden sei. Nun sah es sich aufmerksam um in dem Raum und sagte dann: „Wo muss ich schlafen, Großvater?“

„Wo du willst“, gab dieser zur Antwort.

Das war dem Heidi eben recht. Nun fuhr es in alle Winkel hinein und schaute jedes Plätzchen aus, wo am schönsten zu schlafen wäre. In der Ecke vorüber des Großvaters Lagerstätte war eine kleine Leiter aufgerichtet; Heidi kletterte hinauf und langte auf dem Heuboden an. Da lag ein frischer, duftender Heuhaufen oben, und durch eine runde Luke sah man weit ins Tal hinab.

„Hier will ich schlafen“, rief Heidi hinunter, „hier ist's schön! Komm und sieh einmal, wie schön es hier ist, Großvater!“

„Weiß schon“, tönte es von unten herauf.

„Ich mache jetzt das Bett!“, rief das Kind wieder, indem es oben geschäftig hin und her fuhr; „aber du musst heraufkommen und mir ein Leintuch mitbringen, denn auf ein Bett kommt auch ein Leintuch, und darauf liegt man.“

„So, so“, sagte unten der Großvater, und nach einer Weile ging er an den Schrank und kramte ein wenig darin herum; dann zog er unter seinen Hemden ein langes, grobes Tuch hervor, das musste so etwas sein wie ein Leintuch. Er kam damit die Leiter herauf. Da war auf dem Heuboden ein ganz artiges Bettlein zugerichtet; oben, wo der Kopf liegen musste, war das Heu hoch aufgeschichtet, und das Gesicht kam so zu liegen, dass es gerade auf das offene, runde Loch traf.

„Das ist recht gemacht“, sagte der Großvater, „jetzt wird das Tuch kommen, aber wart noch“ – damit nahm er einen guten Wisch Heu von dem Haufen und machte das Lager doppelt so dick, damit der harte Boden nicht durchgefühlt werden konnte –; „so, jetzt komm her damit.“ Heidi hatte das Leintuch schnell zuhanden genommen, konnte es aber fast nicht tragen, so schwer war's; aber das war sehr gut, denn durch das feste Zeug konnten die spitzen Heuhalme nicht durchstechen. Jetzt breiteten die beiden miteinander das Tuch über das Heu, und wo es zu breit und zu lang war, stopfte Heidi die Enden eilfertig unter das Lager. Nun sah es recht gut und reinlich aus, und Heidi stellte sich davor und betrachtete es nachdenklich.

„Wir haben noch etwas vergessen, Großvater“, sagte es dann.

„Was denn?“, fragte er.

„Eine Decke; denn wenn man ins Bett geht, kriecht man zwischen das Leintuch und die Decke hinein.“

„So, meinst du? Wenn ich aber keine habe?“, sagte der Alte.

„Oh, dann ist's gleich, Großvater“, beruhigte Heidi, „dann nimmt man wieder Heu zur Decke“, und eilfertig wollte es gleich wieder an den Heustock gehen, aber der Großvater wehrte es ihm.

„Wart einen Augenblick“, sagte er, stieg die Leiter hinab und ging an sein Lager hin. Dann kam er wieder und legte einen großen, schweren, leinenen Sack auf den Boden.

„Ist das nicht besser als Heu?“, fragte er. Heidi zog aus Leibeskräften an dem Sacke hin und her, um ihn auseinander zu legen, aber die kleinen Hände konnten das schwere Zeug nicht bewältigen. Der Großvater half, und wie es nun ausgebreitet auf dem Bette lag, da sah alles sehr gut und haltbar aus, und Heidi stand staunend vor seinem neuen Lager und sagte: „Das ist eine prächtige Decke und das ganze Bett! Jetzt wollt ich, es wäre schon Nacht, so könnte ich hineinliegen.“

„Ich meine, wir könnten erst einmal etwas essen“, sagte der Großvater, „oder was meinst du?“ Heidi hatte über dem Eifer des Bettens alles andere vergessen; nun ihm aber der Gedanke ans Essen kam, stieg ein großer Hunger in ihm auf, denn es hatte auch heute noch gar nichts bekommen als früh am Morgen sein Stück Brot und ein paar Schlucke dünnen Kaffees, und nachher hatte es die lange Reise gemacht. So sagte Heidi ganz zustimmend: „Ja, ich mein es auch."

„So geh hinunter, wenn wir denn einig sind", sagte der Alte und folgte dem Kind auf dem Fuß nach. Dann ging er zum Kessel hin, schob den großen weg und drehte den kleinen heran, der an der Kette hing, setzte sich auf den hölzernen Dreifuß mit dem runden Sitz davor hin und blies ein helles Feuer an. Im Kessel fing es an zu sieden, und unten hielt der Alte an einer langen Eisengabel ein großes Stück Käse über das Feuer und drehte es hin und her, bis es auf allen Seiten goldgelb war. Heidi hatte mit gespannter Aufmerksamkeit zugesehen; jetzt musste ihm etwas Neues in den Sinn gekommen sein; auf einmal sprang es weg und an den Schrank und von da hin und her. Jetzt kam der Großvater mit einem Topf und dem Käsebraten an der Gabel zum Tisch heran; da lag schon das runde Brot darauf und zwei Teller und zwei Messer, alles schön geordnet, denn das Heidi hatte alles im Schrank gut wahrgenommen und wusste, dass man das alles nun gleich zum Essen brauchen werde.

„So, das ist recht, dass du selbst etwas ausdenkst", sagte der Großvater und legte den Braten auf das Brot als Unterlage; „aber es fehlt noch etwas auf dem Tisch."

Heidi sah, wie einladend es aus dem Topf hervordampfte, und sprang schnell wieder an den Schrank. Da stand aber nur ein einziges Schüsselchen. Heidi war nicht lang in Verlegenheit, dort hinten standen zwei Gläser; augenblicklich kam das Kind zurück und stellte Schüsselchen und Glas auf den Tisch.

„Recht so; du weißt dir zu helfen; aber wo willst du sitzen?" Auf dem einzigen Stuhl saß der Großvater selbst. Heidi schoss pfeilschnell zum Herd hin, brachte den kleinen Dreifuß zurück und setzte sich drauf.

„Einen Sitz hast du wenigstens, das ist wahr, nur ein wenig weit unten", sagte der Großvater; „aber von meinem Stuhl wärst auch zu kurz, auf den

Tisch zu langen; jetzt musst aber einmal etwas haben, so komm!“ Damit stand er auf, füllte das Schüsselchen mit Milch, stellte es auf den Stuhl und rückte den ganz nah an den Dreifuß hin, so dass das Heidi nun einen Tisch vor sich hatte. Der Großvater legte ein großes Stück Brot und ein Stück von dem goldenen Käse darauf und sagte: „Jetzt iss!“ Er selbst setzte sich nun auf die Ecke des Tisches und begann sein Mittagsmahl. Heidi ergriff sein Schüsselchen und trank und trank ohne Aufenthalt, denn der ganze Durst seiner langen Reise war ihm wieder aufgestiegen. Jetzt tat es einen langen Atemzug – denn im Eifer des Trinkens hatte es lange den Atem nicht holen können – und stellte sein Schüsselchen hin.

„Gefällt dir die Milch?“, fragte der Großvater.

„Ich habe noch gar nie so gute Milch getrunken“, antwortete Heidi.

„So musst du mehr haben“, und der Großvater füllte das Schüsselchen noch einmal bis oben hin und stellte es vor das Kind, das vergnüglich in sein Brot biss, nachdem es von dem weichen Käse darauf gestrichen, denn der war, so gebraten, weich wie Butter, und das schmeckte ganz kräftig zusammen, und zwischendurch trank es seine Milch und sah sehr vergnüglich aus. Als nun das Essen zu Ende war, ging der Großvater in den Geißenstall hinaus und hatte da allerhand in Ordnung zu bringen, und Heidi sah ihm aufmerksam zu, wie er erst mit dem Besen säuberte, dann frische Streu legte, dass die Tierchen darauf schlafen konnten; wie er dann nach dem Schöpfchen ging nebenan und hier runde Stöcke zurechtschnitt und an einem Brett herumhackte und Löcher hineinbohrte und dann die runden Stöcke hineinsteckte und aufstellte; da war es auf einmal ein Stuhl, wie der vom Großvater, nur viel höher, und Heidi staunte das Werk an, sprachlos vor Verwunderung.

„Was ist das, Heidi?“, fragte der Großvater.

„Das ist mein Stuhl, weil er so hoch ist; auf einmal war er fertig“, sagte das Kind, noch in tiefem Erstaunen und Bewunderung.

„Es weiß, was es sieht, es hat die Augen am rechten Ort“, bemerkte der Großvater vor sich hin, als er nun um die Hütte herumging und hier einen Nagel einschlug und dort einen und dann an der Tür etwas zu befestigen hatte und so mit Hammer und Nägeln und Holzstücken von einem Ort zum anderen wanderte und immer etwas ausbesserte oder wegschlug, je nach dem Bedürfnis. Heidi ging Schritt für Schritt hinter ihm her und schaute ihm unverwandt mit der größten Aufmerksamkeit zu, und alles, was da vorging, war ihm sehr kurzweilig anzusehen.

So kam der Abend heran. Es fing stärker an zu rauschen in den alten Tannen, ein mächtiger Wind fuhr daher und sauste und brauste durch die dichten Wipfel. Das tönte dem Heidi so schön in die Ohren und ins Herz hinein, dass es ganz fröhlich darüber wurde und hüpfte und sprang unter den Tannen umher, als hätte es eine unerhörte Freude erlebt. Der Großvater stand unter der Schopftür und schaute dem Kind zu. Jetzt ertönte ein schriller Pfiff. Heidi hielt an in seinen Sprüngen, der Großvater trat heraus. Von oben herunter kam es gesprungen, Geiß um Geiß, wie eine Jagd, und mittendrin der Peter. Mit einem Freudenruf schoss Heidi mitten in das Rudel hinein und begrüßte die alten Freunde von heute Morgen einen um den anderen. Bei der Hütte angekommen, stand alles still, und aus der Herde heraus kamen zwei schöne, schlanke Geißen, eine weiße und eine braune, auf den Großvater zu und leckten seine Hände, denn er hielt ein wenig Salz darin, wie er jeden Abend zum Empfang seiner zwei Tierlein tat. Der Peter verschwand mit seiner Schar. Heidi streichelte zärtlich die eine und dann die andere von den Geißen und sprang um sie herum, um sie von der anderen Seite auch zu streicheln, und war ganz Glück und Freude über die Tierchen. „Sind sie unser, Großvater? Sind sie beide unser? Kommen sie in den Stall? Bleiben sie immer bei uns?“, so fragte Heidi hintereinander in seinem Vergnügen, und der Großvater konnte kaum sein stetiges „Ja, ja!“ zwischen die eine und die andere Frage hineinbringen. Als die Geißen ihr Salz aufgeleckt hatten, sagte der Alte: „Geh und hol dein Schüsselchen heraus und das Brot.“

Heidi gehorchte und kam gleich wieder. Nun melkte der Großvater gleich von der Weißen das Schüsselchen voll und schnitt ein Stück Brot ab und sagte: „Nun iss und dann geh hinauf und schlaf! Die Base Dete hat noch ein Bündelchen abgelegt für dich, da seien Hemdlein und so etwas darin, das liegt unten im Kasten, wenn du's brauchst; ich muss nun mit den Geißen hinein, so schlaf wohl!"

„Gut Nacht, Großvater! Gut Nacht – wie heißen sie, Großvater, wie heißen sie?", rief das Kind und lief dem verschwindenden Alten und den Geißen nach.

„Die Weiße heißt Schwänli und die Braune Bärli", gab der Großvater zurück.

„Gut Nacht, Schwänli, gut Nacht, Bärli!", rief nun Heidi noch mit Macht, denn eben verschwanden beide in den Stall hinein. Nun setzte sich Heidi noch auf die Bank und aß sein Brot und trank seine Milch; aber der starke Wind wehte es fast von seinem Sitz herunter; so machte es schnell fertig, ging dann hinein und stieg zu seinem Bett hinauf, in dem es auch gleich nachher so fest und herrlich schlief, als nur einer im schönsten Fürstenbett schlafen konnte. Nicht lange nachher, noch eh es völlig dunkel war, legte auch der Großvater sich auf sein Lager, denn am Morgen war er immer schon mit der Sonne wieder draußen, und die kam sehr früh über die Berge hereingestiegen in dieser Sommerszeit. In der Nacht kam der Wind so gewaltig, dass bei seinen Stößen die ganze Hütte erzitterte und es in allen Balken krachte; durch den Schornstein heulte und ächzte es wie Jammerstimmen, und in den alten Tannen draußen tobte es mit solcher Wut, dass hier und da ein Ast niederkrachte. Mitten in der Nacht stand der Großvater auf und sagte halblaut vor sich hin: „Es wird sich wohl fürchten." Er stieg die Leiter hinauf und trat an Heidis Lager heran. Der Mond draußen stand einmal hell leuchtend am Himmel, dann fuhren wieder die jagenden Wolken darüber hin und alles wurde dunkel. Jetzt kam der Mondschein eben leuchtend durch die runde Öffnung herein und fiel gerade auf Heidis Lager. Es hatte sich feuerrote Backen erschlafen unter seiner schweren Decke, und ruhig und friedlich lag es auf seinem runden Ärmchen und träumte von etwas Erfreulichem, denn sein Gesichtchen sah ganz wohlgemut aus. Der Großvater schaute so lange auf das friedlich schlafende Kind, bis der Mond wieder hinter die Wolken trat und es dunkel wurde, dann kehrte er auf sein Lager zurück.

Auf der Weide

Heidi erwachte am frühen Morgen an einem lauten Pfiff, und als es die Augen aufschlug, kam ein goldener Schein durch das runde Loch hereingeflossen auf sein Lager und auf das Heu daneben, dass alles golden leuchtete ringsherum. Heidi schaute erstaunt um sich und wusste durchaus nicht, wo es war. Aber nun hörte es draußen des Großvaters tiefe Stimme, und jetzt kam ihm alles in den Sinn: Woher es gekommen war und dass es nun auf der Alm beim Großvater sei, nicht mehr bei der alten Ursel, die fast nichts mehr hörte und meistens fror, so dass sie immer am Küchenfenster oder am Stubenofen gesessen hatte, wo dann auch Heidi hatte verweilen müssen oder doch ganz in der Nähe, damit die Alte sehen konnte, wo es war, weil sie es nicht hören konnte. Da war es dem Heidi manchmal zu eng drinnen, und es wäre lieber hinausgelaufen. So war es sehr froh, als es in der neuen Behausung erwachte und sich erinnerte, wie viel Neues es gestern gesehen hatte und was es heute wieder alles sehen könnte, vor allem das Schwänli und das Bärli. Heidi sprang eilig aus seinem Bett und hatte in wenig Minuten alles wieder angelegt, was es gestern getragen hatte, denn es war sehr wenig. Nun stieg es die Leiter hinunter und sprang vor die Hütte hinaus. Da stand schon der Geißenpeter mit seiner Schar, und der Großvater brachte eben Schwänli und Bärli aus dem Stall herbei, dass sie sich der Gesellschaft anschlossen. Heidi lief ihm entgegen, um ihm und den Geißen guten Tag zu sagen.

„Willst mit auf die Weide?“, fragte der Großvater. Das war dem Heidi eben recht, es hüpfte hoch auf vor Freude.

„Aber erst waschen und sauber sein, sonst lacht einen die Sonne aus, wenn sie so schön glänzt da droben und sieht, dass du schwarz bist; sieh, dort ist's für dich gerichtet.“ Der Großvater zeigte auf einen großen Zuber voll Wasser, der vor der Tür in der Sonne stand. Heidi sprang hin und patschte und rieb, bis es ganz glänzend war. Unterdessen ging der Großvater in die Hütte hinein und rief dem Peter zu: „Komm hierher, Geißengeneral, und bring deinen Habersack mit.“ Verwundert folgte Peter dem Ruf und streckte sein Säcklein hin, in dem er sein mageres Mittagessen bei sich trug.

„Mach auf“, befahl der Alte und steckte nun ein großes Stück Brot und ein ebenso großes Stück Käse hinein. Der Peter machte vor Erstaunen seine runden Augen so weit auf als nur möglich, denn die beiden Stücke waren wohl doppelt so groß wie die zwei, die er als eignes Mittagsmahl drinnen hatte.

„So, nun kommt noch das Schüsselchen hinein“, fuhr der Öhi fort, „denn das Kind kann nicht trinken wie du, nur so von der Geiß weg, es kennt das nicht. Du melkst ihm zwei Schüsselchen voll zu Mittag, denn das Kind geht mit dir und bleibt bei dir, bis du wieder herunterkommst; gib Acht, dass es nicht über die Felsen hinunterfällt, hörst du?“ –

Nun kam Heidi hereingelaufen. „Kann mich die Sonne jetzt nicht auslachen, Großvater?“, fragte es angelegentlich. Es hatte sich mit dem groben Tuch, das der Großvater neben dem Wasserzuber aufgehängt hatte, Gesicht, Hals und Arme in seinem Schrecken vor der Sonne so erstaunlich gerieben, dass es krebsrot vor dem Großvater stand. Er lachte ein wenig.

„Nein, nun hat sie nichts zu lachen“, bestätigte er. „Aber weißt was? Am Abend, wenn du heimkommst, da gehst du noch ganz hinein in den Zuber, wie ein Fisch; denn wenn man geht wie die Geißen, da bekommt man schwarze Füße. Jetzt könnt ihr ausziehen.“

Nun ging es lustig die Alm hinan. Der Wind hatte in der Nacht das letzte Wölkchen weggeblasen; dunkelblau schaute der Himmel von allen Seiten hernieder, und mittendrauf stand die leuchtende Sonne und schimmerte auf die grüne Alp, und alle die blauen und gelben Blümchen darauf machten ihre Kelche auf und schauten ihr fröhlich entgegen. Heidi sprang hierhin und dorthin und jauchzte vor Freude, denn da waren ganze Trüppchen feiner, roter Himmelsschlüsselchen beieinander, und dort schimmerte es ganz blau von den schönen Enzianen, und überall lachten und nickten die zartblätterigen, goldenen Cystusröschen in der Sonne. Vor Entzücken über all die flimmernden winkenden Blümchen vergaß Heidi sogar die Geißen und auch den Peter. Es sprang ganze Strecken voran und dann auf die Seite, denn dort funkelte es rot und da gelb und lockte Heidi auf alle Seiten. Und überall brach Heidi ganze Scharen von den Blumen und packte sie in sein Schürzchen ein, denn es wollte sie alle mit heimnehmen und ins Heu stecken in seiner Schlafkammer, dass es dort werde wie hier draußen. – So hatte der Peter heut nach allen Seiten zu gucken, und seine kugelrunden Augen, die nicht besonders schnell hin und her gingen, hatten mehr Arbeit, als der Peter gut bewältigen konnte, denn die Geißen machten es wie das Heidi: Sie liefen auch dahin und dorthin, und er musste überallhin pfeifen und rufen und seine Rute schwingen, um wieder alle die Verlaufenen zusammenzutreiben.

„Wo bist du schon wieder, Heidi?“, rief er jetzt mit ziemlich grimmiger Stimme.

„Da“, tönte es von irgendwoher zurück. Sehen konnte Peter niemand, denn Heidi saß am Boden hinter einem Hügelchen, das dicht mit duftenden Prünellen besät war; da war die ganze Luft umher so mit Wohlgeruch erfüllt, dass Heidi noch nie so Liebliches eingeatmet hatte. Es setzte sich in die Blumen hinein und zog den Duft in vollen Zügen ein.

„Komm nach!“, rief der Peter wieder. „Du musst nicht über die Felsen hinunterfallen, der Öhi hat's verboten.“

„Wo sind die Felsen?“, fragte Heidi zurück, bewegte sich aber nicht von der Stelle, denn der süße Duft strömte mit jedem Windhauch dem Kinde lieblicher entgegen.

„Dort oben, ganz oben, wir haben noch weit, drum komm jetzt! Und oben am höchsten sitzt der alte Raubvogel und krächzt.“

Das half. Augenblicklich sprang Heidi in die Höhe und rannte mit seiner Schürze voller Blumen dem Peter zu.

„Jetzt hast genug“, sagte dieser, als sie wieder zusammen weiterkletterten; „sonst bleibst du immer stecken, und wenn du alle nimmst, hat's morgen keine mehr.“ Der letzte Grund leuchtete Heidi ein, und dann hatte es die Schürze schon so angefüllt, dass da wenig Platz mehr gewesen wäre, und morgen mussten auch noch da sein. So zog es nun mit dem Peter weiter, und die Geißen gingen nun alle geregelter, denn sie rochen die guten Kräuter von dem hohen Weideplatz schon von fern und strebten nun ohne Aufenthalt dahin. Der Weideplatz, wo Peter gewöhnlich Halt machte mit seinen Geißen und sein Quartier für den Tag aufschlug, lag am Fuße der hohen Felsen, die, erst noch von Gebüsch und Tannen bedeckt, zuletzt ganz kahl und schroff zum Himmel hinaufragen. An der einen Seite der Alp ziehen sich Felsenklüfte weit hinunter und der Großvater hatte Recht, davor zu warnen. Als nun dieser Punkt der Höhe erreicht war, nahm Peter seinen Sack ab und legte ihn sorgfältig in eine kleine Vertiefung des Bodens hinein, denn der Wind kam manchmal in starken Stößen dahergefahren, und den kannte Peter und wollte seine kostbare Habe nicht den Berg hinunterrollen sehen; dann streckte er sich lang und breit auf den sonnigen Weideboden hin, denn er musste sich nun von der Anstrengung des Steigens erholen.

Heidi hatte unterdessen sein Schürzchen losgemacht und schön fest zusammengerollt mit den Blumen darin zum Proviantsack in die Vertiefung hineingelegt, und nun setzte es sich neben den ausgestreckten Peter hin und schaute um sich. Das Tal lag weit unten im vollen Morgenglanz; vor sich sah Heidi ein großes, weites Schneefeld sich erheben, hoch in den dunkelblauen Himmel hinauf, und links davon stand eine ungeheure Felsenmasse, und zu jeder Seite derselben ragte ein hoher Felsenturm kahl und zackig in die Bläue hinauf und schaute von dort oben ganz ernsthaft auf das Heidi nieder. Das Kind saß mäuschenstill da und schaute ringsum, und weit umher war eine große, tiefe Stille; nur ganz sanft und leise ging der Wind über die zarten, blauen Glockenblümchen und die goldnen, strahlenden Cystusröschen, die überall herumstanden auf ihren dünnen Stängelchen und leise und fröhlich hin und her nickten. Der Peter war entschlafen nach seiner Anstrengung, und die Geißen kletterten oben an den Büschen umher. Dem Heidi war es so schön zumute, wie in seinem Leben noch nie. Es trank das goldene Sonnenlicht, die frischen Lüfte, den zarten Blumenduft in sich ein und begehrte gar nichts mehr, als so dazubleiben immerzu. So verging eine gute Zeit und Heidi hatte so oft und so lange zu den hohen Bergstöcken drüben aufgeschaut, dass es nun war, als hätten sie alle auch

Gesichter bekommen und schauten ganz bekannt zu ihm hernieder, so wie gute Freunde.

Jetzt hörte Heidi über sich ein lautes, scharfes Geschrei und Krächzen ertönen, und wie es aufschaute, kreiste über ihm ein so großer Vogel, wie es nie in seinem Leben gesehen hatte, mit weit ausgebreiteten Schwingen in der Luft umher, und in großen Bogen kehrte er immer wieder zurück und krächzte laut und durchdringend über Heidis Kopf.

„Peter! Peter! Erwache!", rief Heidi laut. „Sieh, der Raubvogel ist da, sieh! Sieh!"

Peter erhob sich auf den Ruf und schaute mit Heidi dem Vogel nach, der sich nun höher und höher hinaufschwang ins Himmelsblau und endlich über grauen Felsen verschwand.

„Wo ist er jetzt hin?", fragte Heidi, das mit gespannter Aufmerksamkeit den Vogel verfolgt hatte.

„Heim ins Nest", war Peters Antwort.

„Ist er dort oben daheim? Oh, wie schön so hoch oben! Warum schreit er so?", fragte Heidi weiter.

„Weil er muss", erklärte Peter.

„Wir wollen doch dort hinaufklettern und sehen, wo er daheim ist", schlug Heidi vor.

„Oh! oh! oh!" , brach der Peter aus, jeden Ausruf mit verstärkter Missbilligung hervorstoßend; „wenn keine Geiß mehr dorthin kann und der Öhi gesagt hat, du dürfest nicht über die Felsen hinunterfallen."

Jetzt begann der Peter mit einem Mal ein so gewaltiges Pfeifen und Rufen anzustimmen, dass Heidi gar nicht wusste, was begegnen sollte; aber die Geißen mussten die Töne verstehen, denn eine nach der anderen kam heruntergesprungen, und nun war die ganze Schar auf der grünen Halde versammelt, die einen fortnagend an den würzigen Halmen, die anderen hin und her rennend und die Dritten ein wenig gegeneinander stoßend mit ihren Hörnern zum Zeitvertreib. Heidi war aufgesprungen und rannte mitten unter den Geißen umher, denn das war ihm ein neuer, unbeschreiblich vergnüglicher Anblick, wie die Tierlein durcheinander sprangen und sich lustig machten, und Heidi sprang von einem zum anderen und machte mit jedem ganz persönliche Bekanntschaft, denn jedes war eine ganz besondere Erscheinung für sich und hatte seine eigenen Manieren. Unterdessen hatte Peter den Sack herbeigeholt und alle vier Stücke, die drin waren, schön auf den Boden hingelegt in ein Viereck, die großen Stücke auf Heidis Seite und die kleinen auf die seinige hin, denn er wusste genau, wie er sie erhalten hatte. Dann nahm er das Schüsselchen und melkte schöne, frische Milch hinein vom Schwänli und stellte das Schüsselchen mitten ins Viereck. Dann rief er Heidi herbei, musste aber länger rufen als nach den Geißen, denn das Kind war so in Eifer und Freude über die mannigfaltigen Sprünge und Erlustigungen seiner neuen Spielkameraden, dass es nichts sah und nichts hörte außer diesen. Aber Peter wusste sich verständlich zu machen, er rief, dass es bis in die Felsen hinaufdröhnte, und nun erschien Heidi und die gedeckte Tafel sah so einladend aus, dass es um sie herumhüpfte vor Wohlgefallen.

„Hör auf zu hopsen, es ist Zeit zum Essen“, sagte Peter, „jetzt sitz und fang an.“

Heidi setzte sich hin. „Ist die Milch mein?“, fragte es, nochmals das schöne Viereck und den Hauptpunkt in der Mitte mit Wohlgefallen betrachtend.

„Ja“, erwiderte Peter, „und die zwei großen Stücke zum Essen sind auch dein, und wenn du ausgetrunken hast, bekommst du noch ein Schüsselchen vom Schwänli und dann komm ich.“

„Und von wem bekommst du die Milch?“, wollte Heidi wissen.

„Von meiner Geiß, von der Schnecke. Fang einmal zu essen an“, mahnte Peter wieder. Heidi fing bei seiner Milch an, und sowie es sein leeres Schüsselchen hinstellte, stand Peter auf und holte ein zweites herbei. Dazu brach Heidi ein Stück von seinem Brot ab, und das ganze übrige Stück, das immer noch größer war, als Peters eigenes Stück gewesen, das nun schon samt Zubehör fast zu Ende war, reichte es diesem hinüber mit dem ganzen großen Brocken Käse und sagte: „Das kannst du haben, ich habe nun genug."

Peter schaute das Heidi mit sprachloser Verwunderung an, denn noch nie in seinem Leben hätte er so sagen und etwas weggeben können. Er zögerte noch ein wenig, denn er konnte nicht recht glauben, dass es dem Heidi ernst sei; aber dieses hielt erst fest seine Stücke hin, und da Peter nicht zugriff, legte sie es ihm aufs Knie. Nun sah er, dass es ernst gemeint sei; er erfasste sein Geschenk, nickte in Dank und Zustimmung und hielt nun ein so reichliches Mittagsmahl wie noch nie in seinem Leben als Geißbub. Heidi schaute derweilen nach den Geißen aus. „Wie heißen sie alle, Peter?", fragte es.

Das wusste dieser nun ganz genau und konnte es umso besser in seinem Kopf behalten, da er daneben wenig darin aufzubewahren hatte. Er fing also an und nannte ohne Anstoß eine nach der anderen, immer je mit dem Finger die betreffende bezeichnend. Heidi hörte mit gespannter Aufmerksamkeit der Unterweisung zu, und es währte gar nicht lange, so konnte es sie alle voneinander unterscheiden und jede bei ihrem Namen nennen, denn es hatte eine jede ihre Besonderheiten, die einem gleich im Sinne bleiben mussten; man musste nur allen genau zusehen, und das tat Heidi. Da war der große Türk mit den starken Hörnern, der wollte mit diesen immer gegen alle anderen stoßen, und die meisten liefen davon, wenn er kam, und wollten nichts von dem groben Kameraden wissen. Nur der kecke Distelfink, das schlanke, behände Geißchen, wich ihm nicht aus, sondern rannte von sich aus manchmal drei-, viermal hintereinander so rasch und tüchtig gegen ihn an, dass der große Türk öfters ganz erstaunt dastand und nicht mehr angriff, denn der Distelfink stand ganz kriegslustig vor ihm und hatte scharfe Hörnchen. Da war das kleine, weiße Schneehöppli, das immer so eindringlich und flehentlich meckerte, dass Heidi schon mehrmals zu ihm hingelaufen war und es tröstend beim Kopf genommen hatte. Auch jetzt sprang das Kind wieder hin, denn die junge, jammernde Stimme hatte eben wieder flehentlich gerufen. Heidi legte seinen Arm um den Hals des Geißleins und fragte ganz teilnehmend: „Was hast du, Schneehöppli? Warum rufst du so um Hilfe?" Das Geißlein schmiegte sich nahe und vertrauensvoll an Heidi an und war jetzt ganz still. Peter rief von seinem Sitz aus, mit einigen Unterbrechungen, denn er hatte immer noch zu beißen und zu schlucken: „Es tut so, weil die Alte nicht mehr mitkommt, sie haben sie verkauft nach Maienfeld vorgestern, nun kommt sie nicht mehr auf die Alm."

„Wer ist die Alte?", fragte Heidi zurück.

„Pah, seine Mutter", war die Antwort.

„Wo ist die Großmutter?", rief Heidi wieder.

„Hat keine."

„Und der Großvater?"

„Hat keinen."

„Du armes Schneehöppli du", sagte Heidi und drückte das Tierlein zärtlich an sich. „Aber jammere jetzt nur nicht mehr so; siehst du, ich komme nun jeden Tag mit dir, dann bist du nicht mehr so verlassen, und wenn dir etwas fehlt, kannst du nur zu mir kommen."

Das Schneehöppli rieb ganz vergnügt seinen Kopf an Heidis Schulter und meckerte nicht mehr kläglich. Unterdessen hatte Peter sein Mittagsmahl beendet und kam nun auch wieder zu seiner Herde und zu Heidi heran, das schon wieder allerlei Betrachtungen angestellt hatte.

Weitaus die zwei schönsten und saubersten Geißen der ganzen Schar waren Schwänli und Bärli, die sich auch mit einer gewissen Vornehmheit betrugen, meistens ihre eigenen Wege gingen und besonders dem zudringlichen Türk abweisend und verächtlich begegneten. –

Die Tierchen hatten nun wieder begonnen, nach den Büschen hinaufzuklettern, und jedes hatte seine eigene Weise dabei, die einen leichtfertig über alles weg hüpfend, die anderen bedächtlich die guten Kräutlein suchend unterwegs, der Türk hier und da seine Angriffe probierend. Schwänli und Bärli kletterten hübsch und leicht hinan und fanden oben sogleich die schönsten Büsche, stellten sich geschickt daran auf und nagten sie zierlich ab. Heidi stand mit den Händen auf dem Rücken und schaute dem allen mit der größten Aufmerksamkeit zu.

„Peter“, bemerkte es jetzt zu dem wieder auf dem Boden Liegenden, „die schönsten von allen sind das Schwänli und das Bärli.“

„Weiß schon“, war die Antwort. „Der Alm-Öhi putzt und wäscht sie und gibt ihnen Salz und hat den schönsten Stall.“

Aber auf einmal sprang Peter auf und setzte in großen Sprüngen den Geißen nach, und das Heidi lief hintendrein; da musste etwas begegnet sein, es konnte da nicht zurückbleiben. Der Peter sprang durch den Geißenrudel durch der Seite der Alm zu, wo die Felsen schroff und kahl weit hinabstiegen und ein unbesonnenes Geißlein, wenn es dorthin ging, leicht hinunterstürzen und alle Beine brechen konnte. Er hatte gesehen, wie der vorwitzige Distelfink nach jener Seite hin gehüpft war, und kam noch gerade recht, denn eben sprang das Geißlein dem Rande des Abgrundes zu. Peter wollte es eben packen, da stürzte er auf den Boden und konnte nur noch im Sturze ein Bein des Tierleins erwischen und es daran festhalten. Der Distelfink meckerte voller Zorn und Überraschung, dass er so am Bein festgehalten und am Fortsetzen seines fröhlichen Streifzuges gehindert war, und strebte eigensinnig vorwärts. Der Peter schrie nach Heidi, dass es ihm beistehe, denn er konnte nicht aufstehen und riss dem Distelfink fast das Bein aus. Heidi war schon da und erkannte gleich die schlimme Lage der beiden. Es riss schnell einige wohlduftende Kräuter aus dem Boden und hielt sie dem Distelfink unter die Nase und sagte begütigend:

„Komm, komm, Distelfink, du musst auch vernünftig sein! Sieh, da kannst du hinabfallen und ein Bein brechen, das tut dir furchtbar weh.“

Das Geißlein hatte sich schnell umgewandt und dem Heidi vergnüglich die Kräuter aus der Hand gefressen. Derweilen war der Peter auf seine Füße gekommen und hatte den Distelfink an der Schnur erfasst, an welcher sein Glöckchen um den Hals gebunden war, und Heidi erfasste diese von der anderen Seite, und so führten die beiden den Ausreißer zu der friedlich weidenden Herde zurück. Als ihn aber Peter hier in

Sicherheit hatte, erhob er seine Rute und wollte ihn zur Strafe tüchtig durchprügeln, und der Distelfink wich scheu zurück, denn er merkte, was begegnen sollte. Aber Heidi schrie laut auf: „Nein, Peter, nein, du musst ihn nicht schlagen, sieh, wie er sich fürchtet!"

„Er verdient's", schnurrte Peter und wollte zuschlagen. Aber Heidi fiel ihm in den Arm und rief ganz entrüstet: „Du darfst ihm nichts tun, es tut ihm weh, lass ihn los!"

Peter schaute erstaunt auf das gebietende Heidi, dessen schwarze Augen ihn so anfunkelten, dass er unwillkürlich seine Rute niederhielt. „So kann er gehen, wenn du mir morgen wieder von deinem Käse gibst", sagte dann der Peter nachgebend, denn eine Entschädigung wollte er haben für den Schrecken.

„Allen kannst du haben, das ganze Stück morgen und alle Tage, ich brauche ihn gar nicht", sagte Heidi zustimmend, „und Brot gebe ich dir auch ganz viel, wie heute; aber dann darfst du den Distelfink nie, gar nie schlagen und auch das Schneehöppli nie und gar keine Geiß."

„Es ist mir gleich", bemerkte Peter, und das war bei ihm soviel als eine Zusage. Jetzt ließ er den Schuldigen los, und der fröhliche Distelfink sprang in hohen Sprüngen auf und davon in die Herde hinein. –

So war unvermerkt der Tag vergangen, und schon war die Sonne im Begriff, weit drüben hinter den Bergen hinabzugehen. Heidi saß wieder am Boden und schaute ganz still auf die Blauglöckchen und die Cystusröschen, die im goldenen Abendschein leuchteten, und alles Gras wurde wie golden angehaucht und die Felsen droben fingen an zu schimmern und zu funkeln, und auf einmal sprang Heidi auf und schrie: „Peter! Peter! Es brennt! Es brennt! Alle Berge brennen und der große Schnee drüben brennt und der Himmel. O sieh! Sieh! Der hohe Felsenberg ist ganz glühend! Oh, der schöne, feurige Schnee! Peter, sieh auf, sieh, das Feuer ist auch beim Raubvogel! Sieh doch die Felsen! Sieh die Tannen! Alles, alles ist im Feuer!"

„Es war immer so", sagte jetzt der Peter gemütlich und schälte an seiner Rute fort, „aber es ist kein Feuer."

„Was ist es denn?“, rief Heidi und sprang hierhin und dorthin, dass es überallhin sehe, denn es konnte gar nicht genug bekommen, so schön war's auf allen Seiten. „Was ist es, Peter, was ist es?“, rief Heidi wieder.

„Es kommt von selbst so“, erklärte Peter.

„O sieh, sieh“, rief Heidi in großer Aufregung, „auf einmal werden sie rosenrot! Sieh den mit dem Schnee und den mit den hohen, spitzigen Felsen! Wie heißen sie, Peter?“

„Berge heißen nicht“, erwiderte dieser.

„O wie schön, sieh den rosenroten Schnee! Oh, und an den Felsen oben sind viele, viele Rosen! Oh, nun werden sie grau! Oh! Oh! Nun ist alles ausgelöscht! Nun ist alles aus, Peter!“ Und Heidi setzte sich auf den Boden und sah so verstört aus, als ginge wirklich alles zu Ende.

„Es ist morgen wieder so“, erklärte Peter. „Steh auf, nun müssen wir heim.“

Die Geißen wurden herbeigepfiffen und -gerufen und die Heimfahrt angetreten.

„Ist's alle Tage wieder so, alle Tage, wenn wir auf der Weide sind?“, fragte Heidi, begierig nach einer bejahenden Versicherung horchend, als es nun neben dem Peter die Alm hinunterstieg.

„Meistens“, gab dieser zur Antwort.

„Aber gewiss morgen wieder?“, wollte es noch wissen.

„Ja, ja, morgen schon!“, versicherte Peter.

Nun war Heidi wieder froh und es hatte so viele Eindrücke in sich aufgenommen und so viele Dinge gingen ihm im Sinn herum, dass es nun ganz stillschwieg, bis es bei der Almhütte ankam und den Großvater unter den Tannen sitzen sah, wo er auch eine Bank angebracht hatte und am Abend seine Geißen erwartete, die von dieser Seite herunterkämen. Heidi sprang gleich auf ihn zu und Schwänli und Bärli hinter ihm drein, denn die Geißen kannten ihren Herrn und ihren Stall. Der Peter rief dem Heidi nach: „Komm dann morgen wieder! Gute Nacht!“ Denn es war ihm sehr daran gelegen, dass das Heidi wiederkomme.

Da rannte das Heidi schnell wieder zurück und gab dem Peter die Hand und versicherte ihm, dass es wieder mitkomme, und dann sprang es mitten in die davonziehende Herde hinein und fasste noch einmal das Schneehöppli um den Hals und sagte vertraulich: „Schlaf wohl, Schneehöppli, und denk dran, dass ich morgen wiederkomme und dass du nie mehr so jämmerlich meckern musst.“

Das Schneehöppli schaute ganz freundlich und dankbar zu Heidi auf und sprang dann fröhlich der Herde nach.

Heidi kam unter die Tannen zurück.

„O Großvater, das war so schön!“, rief es, noch bevor es bei ihm war. „Das Feuer und die Rosen am Felsen und die blauen und gelben Blumen, und sieh, was ich hier bringe!“ Und damit schüttete Heidi seinen ganzen Blumenreichtum aus dem gefalteten Schürzchen vor den Großvater hin. Aber wie sahen die armen Blümchen aus! Heidi erkannte sie nicht mehr. Es war alles wie Heu, und kein einziges Kelchlein stand mehr offen.

„O Großvater, was haben sie?“, rief Heidi ganz erschrocken aus. „So waren sie nicht, warum sehen sie so aus?“

„Die wollen draußen stehen in der Sonne und nicht ins Schürzchen hinein“, sagte der Großvater.

„Dann will ich gar keine mehr mitnehmen. Aber, Großvater, warum hat der Raubvogel so gekrächzt?“, fragte Heidi nun angelegentlich.

„Jetzt gehst du ins Wasser und ich in den Stall und hole Milch, und nachher kommen wir hinein zusammen in die Hütte und essen zu Nacht, dann sag ich dir's.“

So wurde getan, und wie nun später Heidi auf seinem hohen Stuhl saß vor seinem Milchschüsselchen und der Großvater neben ihm, da kam das Kind gleich wieder mit seiner Frage: „Warum krächzt der Raubvogel so und schreit immer so herunter, Großvater?“

„Der höhnt die Leute aus dort unten, dass sie so viele zusammensitzen in den Dörfern und einander bös machen. Da höhnt er hinunter: „Würdet ihr auseinander gehen und jedes seinen Weg und auf eine Höhe steigen wie ich, so wär's euch wohler!““ Der Großvater sagte diese Worte fast wild, so dass dem Heidi das Gekrächz des Raubvogels dadurch noch eindrücklicher wurde in der Erinnerung.

„Warum haben die Berge keinen Namen, Großvater?“, fragte Heidi wieder.

„Die haben Namen“, erwiderte dieser, „und wenn du mir einen so beschreiben kannst, dass ich ihn kenne, so sage ich dir, wie er heißt.“

Nun beschrieb Heidi den Felsenberg mit den zwei hohen Türmen genau so, wie es ihn gesehen hatte, und der Großvater sagte wohlgefällig: „Recht so, den kenn ich, der heißt Falknis. Hast du noch einen gesehen?“

Nun beschrieb Heidi den Berg mit dem großen Schneefeld, auf dem der ganze Schnee im Feuer gestanden hatte und dann rosenrot geworden war und dann auf einmal ganz bleich und erloschen dastand.

„Den erkenn ich auch“, sagte der Großvater, „das ist die Schesaplana; so hat es dir gefallen auf der Weide?“

Nun erzählte Heidi alles vom ganzen Tage, wie schön es gewesen, und besonders von dem Feuer am Abend, und nun sollte der Großvater auch sagen, woher es gekommen war, denn der Peter hätte nichts davon gewusst.

„Siehst du“, erklärte der Großvater, „das macht die Sonne, wenn sie den Bergen gute Nacht sagt, dann wirft sie ihnen noch ihre schönsten Strahlen zu, dass sie sie nicht vergessen, bis sie am Morgen wiederkommt.“

Das gefiel dem Heidi und es konnte fast nicht erwarten, dass wieder ein Tag komme, da es hinaufkonnte auf die Weide und wieder sehen, wie die Sonne den Bergen gute Nacht sagte. Aber erst musste es nun schlafen gehen, und es schlief auch die ganze Nacht herrlich auf seinem Heulager, und träumte von lauter schimmernden Bergen und roten Rosen darauf und mittendrin das Schneehöppli in fröhlichen Sprüngen.

Bei der Großmutter

Am andern Morgen kam wieder die helle Sonne, und dann kam der Peter und die Geißen, und wieder zogen sie alle miteinander nach der Weide hinauf, und so ging es Tag für Tag, und Heidi wurde bei diesem Weideleben ganz gebräunt und so kräftig und gesund, dass ihm gar nie etwas fehlte, und so froh und glücklich lebte Heidi von einem Tag zum anderen, wie nur die lustigen Vögelein leben auf allen Bäumen im grünen Wald. Wie es nun Herbst wurde und der Wind lauter zu sausen anfing über die Berge hin, dann sagte etwa der Großvater: „Heut bleibst du da, Heidi; ein Kleines, wie du bist, kann der Wind mit einem Ruck über alle Felsen ins Tal hinabwehen."

Wenn aber das am Morgen der Peter vernahm, sah er sehr unglücklich aus, denn er sah lauter Missgeschick vor sich: Einmal wusste er vor Langeweile nun gar nicht mehr, was anfangen, wenn Heidi nicht bei ihm war; dann kam er um sein reichliches Mittagsmahl, und dann waren die Geißen so störrig an diesen Tagen, dass er die doppelte Mühe mit ihnen hatte; denn die waren nun auch so an Heidis Gesellschaft gewöhnt, dass sie nicht vorwärts wollten, wenn es nicht dabei war, und auf alle Seiten rannten. Heidi wurde niemals unglücklich, denn es sah immer irgendetwas Erfreuliches vor sich. Am liebsten ging es schon mit Hirt und Geißen auf die Weide zu den Blumen und zum Raubvogel hinauf, wo so mannigfaltige Dinge zu erleben waren mit all den verschieden gearteten Geißen; aber auch das Hämmern und Sägen und Zimmern des Großvaters war sehr unterhaltend für Heidi; und traf es sich, dass er gerade die schönen runden Geißkäschen zubereitete, wenn es daheim bleiben musste, so war das ein ganz besonderes Vergnügen, dieser merkwürdigen Tätigkeit zuzuschauen, wobei der Großvater beide Arme bloß machte und damit in dem großen Kessel herumrührte. Aber vor allem anziehend war für das Heidi an solchen Windtagen das Wogen und Rauschen in den drei alten Tannen hinter der Hütte. Da musste es immer von Zeit zu Zeit hinlaufen von allem anderen weg, was es auch sein mochte, denn so schön und wunderbar war gar nichts wie dieses tiefe, geheimnisvolle Tosen in den Wipfeln da droben; da stand Heidi unten und lauschte hinauf und konnte niemals genug bekommen, zu sehen und zu hören, wie das wehte und wogte und rauschte in den Bäumen mit großer Macht. Jetzt gab die Sonne nicht mehr heiß wie im Sommer, und Heidi suchte seine Strümpfe und Schuhe hervor und auch den Rock, denn nun wurde es immer frischer, und wenn das Heidi unter den Tannen stand, wurde es durchblasen wie ein dünnes Blättlein, aber es lief doch immer wieder hin und konnte nicht in der Hütte bleiben, wenn es das Windeswehen vernahm.

Dann wurde es kalt, und der Peter hauchte in die Hände, wenn er früh am Morgen heraufkam, aber nicht lange; denn auf einmal fiel über Nacht ein tiefer Schnee, und am Morgen war die ganze Alm schneeweiß und kein einziges grünes Blättlein mehr zu sehen ringsum und um. Da kam der Geißenpeter nicht mehr mit seiner Herde, und Heidi schaute ganz verwundert durch das kleine Fenster, denn nun fing es wieder zu schneien an, und die dicken Flocken fielen fort und fort, bis der Schnee so hoch wurde, dass er bis ans Fenster hinaufreichte, und dann noch höher, dass man das Fenster gar nicht mehr aufmachen konnte und man ganz verpackt war in dem Häuschen. Das kam dem Heidi so lustig vor, dass es immer von einem Fenster zum anderen rannte, um zu sehen, wie es denn noch werden wollte und ob der Schnee noch die ganze Hütte zudecken wollte, dass man müsste ein Licht anzünden am hellen Tag. Es kam aber nicht so weit, und am anderen Tag ging der Großvater hinaus – denn nun schneite es nicht mehr – und schaufelte ums ganze Haus herum und warf große, große Schneehaufen aufeinander, dass es war wie hier ein Berg und dort ein Berg und dort ein Berg um die Hütte herum; aber nun waren die Fenster wieder frei und auch die Tür, und das war gut, denn als am Nachmittag Heidi und der Großvater am Feuer saßen, jedes auf seinem Dreifuß – denn der Großvater hatte längst auch einen für das Kind gezimmert –, da polterte auf einmal etwas heran und schlug immerzu gegen die Holzschwelle und machte endlich die Tür auf. Es war der Geißenpeter; er hatte aber nicht aus Unart so gegen die Tür gepoltert, sondern um seinen Schnee von den Schuhen abzuschlagen, die hoch hinauf davon bedeckt waren; eigentlich der ganze Peter war von Schnee bedeckt, denn er hatte sich durch die hohen Schichten so durchkämpfen müssen, dass ganze Massen an ihm hängen geblieben und auf ihm festgefroren waren, denn es war sehr kalt. Aber er hatte nicht nachgegeben, denn er wollte zu Heidi hinauf, er hatte es jetzt acht Tage lang nicht gesehen.

„Guten Abend“, sagte er im Eintreten, stellte sich gleich so nah als möglich ans Feuer heran und sagte weiter nichts mehr; aber sein ganzes Gesicht lachte vor Vergnügen, dass er da war. Heidi schaute ihn sehr verwundert an, denn nun er so nah am Feuer war, fing es überall an ihm zu tauen an, so dass der ganze Peter anzusehen war wie ein gelinder Wasserfall.

„Nun, General, wie steht's?“, sagte jetzt der Großvater. „Nun bist du ohne Armee und musst am Griffel nagen.“

„Warum muss er am Griffel nagen, Großvater?“, fragte Heidi sogleich mit Wissbegierde.

„Im Winter muss er in die Schule gehen“, erklärte der Großvater; „da lernt man lesen und schreiben, und das geht manchmal schwer, da hilft's ein wenig nach, wenn man am Griffel nagt; ist's nicht wahr, General?“

„Ja, 's ist wahr“, bestätigte Peter.

Jetzt war Heidis Teilnahme an der Sache wach geworden und es hatte sehr viele Fragen über die Schule und alles, was da begegnete und zu hören und zu sehen war, an den Peter zu richten, und da immer viel Zeit verfloss über einer Unterhaltung, an der Peter teilnehmen musste, so konnte er derweilen schön trocknen von oben bis unten. Es war immer eine große Anstrengung für ihn, seine Vorstellungen in die Worte zu bringen, die bedeuteten, was er meinte; aber diesmal hatte er's besonders streng, denn kaum hatte er eine Antwort zustande gebracht, so hatte ihm Heidi schon wieder zwei oder drei unerwartete Fragen zugeworfen und meistens solche, die einen ganzen Satz als Antwort erforderten.

Der Großvater hatte sich ganz still verhalten während dieser Unterhaltung, aber es hatte ihm öfter ganz lustig um die Mundwinkel gezuckt, was ein Zeichen war, dass er zuhörte.

„So, General, nun warst du im Feuer und brauchst Stärkung, komm, halt mit!" Damit stand der Großvater auf und holte das Abendessen aus dem Schrank hervor, und Heidi rückte die Stühle zum Tisch. Unterdessen war auch eine Bank an die Wand gezimmert worden vom Großvater; nun er nicht mehr allein war, hatte er da und dort allerlei Sitze zu zweien eingerichtet, denn Heidi hatte die Art, dass es sich überall nah zum Großvater hielt, wo er ging und stand und saß. So hatten sie alle drei gut Platz zum Sitzen und der Peter tat seine runden Augen ganz weit auf, als er sah, welch ein mächtiges Stück von dem schönen getrockneten Fleisch der Alm-Öhi ihm auf seine dicke Brotschnitte legte. So gut hatte es der Peter lange nicht gehabt. Als nun das vergnügte Mahl zu Ende war, fing es an zu dunkeln, und Peter schickte sich zur Heimkehr an. Als er nun „Gute Nacht" und „Dank Euch Gott" gesagt hatte und schon unter der Tür war, kehrte er sich noch einmal um und sagte: „Am Sonntag komm ich wieder, heut über acht Tag, und du solltest auch einmal zur Großmutter kommen, hat sie gesagt."

Das war ein ganz neuer Gedanke für Heidi, dass es zu jemandem gehen sollte, aber er fasste auf der Stelle Boden bei ihm, und gleich am folgenden Morgen war sein Erstes, dass es erklärte: „Großvater, jetzt muss ich gewiss zu der Großmutter hinunter, sie erwartet mich."

„Es hat zu viel Schnee", erwiderte der Großvater abwehrend.

Aber das Vorhaben saß fest in Heidis Sinn, denn die Großmutter hatte es ja sagen lassen; so musste es sein. So verging kein Tag mehr, an dem das Kind nicht fünf- und sechsmal sagte: „Großvater, jetzt muss ich gewiss gehen, die Großmutter wartet ja immer auf mich."

Am vierten Tag, als es draußen knisterte und knarrte vor Kälte bei jedem Schritt und die ganze große Schneedecke ringsum hart gefroren war, aber eine schöne Sonne ins Fenster guckte, gerade auf Heidis hohen Stuhl hin, wo es am Mittagsmahl saß, da begann es wieder sein Sprüchlein: „Heut muss ich aber gewiss zur Großmutter gehen, es währt ihr sonst zu lange." Da stand der Großvater auf vom Mittagstisch, stieg auf den Heuboden hinauf, brachte den dicken Sack herunter, der Heidis Bettdecke war, und sagte: „So komm!" In großer Freude hüpfte das Kind ihm nach in die glitzernde Schneewelt hinaus. In den alten Tannen war es nun ganz still und auf allen Ästen lag der weiße Schnee und in dem Sonnenschein schimmerte und funkelte es überall von den Bäumen in solcher Pracht, dass Heidi hoch aufsprang vor Entzücken und ein Mal übers andere ausrief: „Komm heraus, Großvater, komm heraus! Es ist lauter Silber und Gold an den Tannen!" Denn der Großvater war in den Schopf hineingegangen und kam nun heraus mit einem breiten Stoßschlitten: Da war vorn eine Stange angebracht, und von dem flachen Sitz konnte man die Füße nach vorn hinunterhalten und gegen den Schneeboden stemmen und der Fahrt die Weisung geben. Hier setzte sich der Großvater hin, nachdem er erst die Tannen ringsum mit Heidi hatte beschauen müssen, nahm das Kind auf seinen Schoß, wickelte es um und um in den Sack ein, damit es hübsch warm bleibe, und drückte es fest mit dem linken Arm an sich, denn das war nötig bei der kommenden Fahrt. Dann umfasste er mit der rechten Hand die Stange und gab einen Ruck mit beiden Füßen. Da schoss der Schlitten davon die Alm hinab mit einer solchen Schnelligkeit, dass das Heidi meinte, es fliege in der Luft wie ein Vogel, und laut aufjauchzte. Auf einmal stand der Schlitten still, gerade bei der Hütte vom Geißenpeter. Der Großvater stellte das Kind auf den Boden, wickelte es aus seiner Decke heraus und sagte:

„So, nun geh hinein, und wenn es anfängt dunkel zu werden, dann komm wieder heraus und mach dich auf den Weg." Dann kehrte er um mit seinem Schlitten und zog ihn den Berg hinauf.

Heidi machte die Tür auf und kam in einen kleinen Raum hinein, da sah es schwarz aus, und ein Herd war da und einige Schüsselchen auf einem Gestell, das war die kleine Küche; dann kam gleich wieder eine Tür, die machte Heidi wieder auf und kam in eine enge Stube hinein, denn das Ganze war nicht eine Sennhütte, wie beim Großvater, wo ein einziger, großer Raum war und oben ein Heuboden, sondern es war ein kleines, uraltes Häuschen, wo alles eng war und schmal und dürftig. Als Heidi in das Stübchen trat, stand es gleich vor dem Tisch, daran saß eine Frau und flickte an Peters Wams, denn dieses erkannte Heidi sogleich. In der Ecke saß ein altes, gekrümmtes Mütterchen und spann. Heidi wusste gleich, woran es war; es ging geradaus auf das Spinnrad zu und sagte: „Guten Tag, Großmutter, jetzt komme ich zu dir; hast du gedacht, es währe lang, bis ich komme?“

Die Großmutter erhob den Kopf und suchte die Hand, die gegen sie ausgestreckt war, und als sie diese erfasst hatte, befühlte sie dieselbe erst eine Weile nachdenklich in der ihrigen, dann sagte sie: „Bist du das Kind droben beim Alm-Öhi, bist du das Heidi?“

„Ja, ja“, bestätigte das Kind, „jetzt gerade bin ich mit dem Großvater im Schlitten heruntergefahren.“

„Wie ist das möglich! Du hast ja eine so warme Hand! Sag, Brigitte, ist der Alm-Öhi selber mit dem Kind heruntergekommen?“

Peters Mutter, die Brigitte, die am Tisch geflickt hatte, war aufgestanden und betrachtete nun mit Neugierde das Kind von oben bis unten; dann sagte sie: „Ich weiß nicht, Mutter, ob der Öhi selber heruntergekommen ist mit ihm; es ist nicht glaublich, das Kind wird's nicht recht wissen.“

Aber das Heidi sah die Frau sehr bestimmt an und gar nicht, als sei es im Ungewissen, und sagte: „Ich weiß ganz gut, wer mich in die Bettdecke gewickelt hat und mit mir heruntergeschlittelt ist; das ist der Großvater.“

„Es muss doch etwas daran sein, was der Peter so gesagt hat den Sommer durch vom Alm-Öhi, wenn wir dachten, er wisse es nicht recht“, sagte die Großmutter; „wer hätte freilich auch glauben können, dass so etwas möglich sei; ich dachte, das Kind lebte keine drei Wochen da oben. Wie sieht es auch aus, Brigitte!“ Diese hatte das Kind unterdessen so von allen Seiten angesehen, dass sie nun wohl berichten konnte, wie es aussah.

„Es ist so fein gegliedert, wie die Adelheid war“, gab sie zur Antwort; „aber es hat die schwarzen Augen und das krause Haar, wie es der Tobias hatte und auch der Alte droben; ich glaube, es sieht den zweien gleich.“

Unterdessen war Heidi müßig geblieben; es hatte ringsum geguckt und alles genau betrachtet, was da zu sehen war. Jetzt sagte es: „Sieh, Großmutter, dort schlägt es einen Laden immer hin und her, und der Großvater würde auf der Stelle einen Nagel einschlagen, dass er wieder fest hält, sonst schlägt er auch einmal eine Scheibe ein; sieh, sieh, wie er tut!"

„Ach, du gutes Kind", sagte die Großmutter, „sehen kann ich es nicht, aber hören kann ich es wohl und noch viel mehr, nicht nur den Laden; da kracht und klappert es überall, wenn der Wind kommt, und er kann überall hereinblasen; es hält nichts mehr zusammen, und in der Nacht, wenn sie beide schlafen, ist es mir manchmal so angst und bang, es falle alles über uns zusammen und schlage uns alle drei tot; ach, und da ist kein Mensch, der etwas ausbessern könnte an der Hütte, der Peter versteht's nicht."

„Aber warum kannst du denn nicht sehen, wie der Laden tut, Großmutter? Sieh jetzt wieder, dort, gerade dort." Und Heidi zeigte die Stelle deutlich mit dem Finger.

„Ach Kind, ich kann ja gar nichts sehen, gar nichts, nicht nur den Laden nicht", klagte die Großmutter.

„Aber wenn ich hinausgehe und den Laden ganz aufmache, dass es recht hell wird, kannst du dann sehen, Großmutter?"

„Nein, nein, auch dann nicht, es kann mir niemand mehr hell machen."

„Aber wenn du hinausgehst in den ganz weißen Schnee, dann wird es dir gewiss hell; komm nur mit mir, Großmutter, ich will dir's zeigen." Heidi nahm die Großmutter bei der Hand und wollte sie fortziehen, denn es fing an, ihm ganz ängstlich zumute zu werden, dass es ihr nirgends hell wurde.

„Lass mich nur sitzen, du gutes Kind; es bleibt doch dunkel bei mir, auch im Schnee und in der Helle, sie dringt nicht mehr in meine Augen."

„Aber dann doch im Sommer, Großmutter", sagte Heidi, immer ängstlicher nach einem guten Ausweg suchend; „weißt, wenn dann wieder die Sonne ganz heiß herunterbrennt und dann „gute Nacht“ sagt und die Berge alle feuerrot schimmern und alle gelben Blümlein glitzern, dann wird es dir wieder schön hell?“

„Ach, Kind, ich kann sie nie mehr sehen, die feurigen Berge und die goldenen Blümlein droben, es wird mir nie mehr hell auf Erden, nie mehr.“

Jetzt brach Heidi in lautes Weinen aus. Voller Jammer schluchzte es fortwährend: „Wer kann dir denn wieder hell machen? Kann es niemand? Kann es gar niemand?“

Die Großmutter suchte nun das Kind zu trösten, aber es gelang ihr nicht so bald. Heidi weinte fast nie; wenn es aber einmal anfing, dann konnte es auch fast nicht mehr aus der Betrübnis herauskommen. Die Großmutter hatte schon allerhand probiert, um das Kind zu beschwichtigen, denn es ging ihr zu Herzen, dass es so jämmerlich schluchzen musste. Jetzt sagte sie: „Komm, du gutes Heidi, komm hier heran, ich will dir etwas sagen. Siehst du, wenn man nichts sehen kann, dann hört man so gern ein freundliches Wort, und ich höre es gern, wenn du redest; komm, setz dich da nahe zu mir und erzähl mir etwas, was du machst da droben und was der Großvater macht, ich habe ihn früher gut gekannt; aber jetzt hab ich seit manchem Jahr nichts mehr gehört von ihm als durch den Peter, aber der sagt nicht viel.“

Jetzt kam dem Heidi ein neuer Gedanke; es wischte rasch seine Tränen weg und sagte tröstlich: „Wart nur, Großmutter, ich will alles dem Großvater sagen, er macht dir schon wieder hell und macht, dass die Hütte nicht zusammenfällt, er kann alles wieder in Ordnung machen.“

Die Großmutter schwieg stille, und nun fing Heidi an, ihr mit großer Lebendigkeit zu erzählen von seinem Leben mit dem Großvater und von den Tagen auf der Weide und von dem jetzigen Winterleben mit dem Großvater, was er alles aus Holz machen könne, Bänke und Stühle und schöne Krippen, wo man für das Schwänli und Bärli das Heu hineinlegen könnte, und einen neuen großen Wassertrog zum Baden im Sommer, und ein neues Milchschüsselchen und Löffel, und Heidi wurde immer eifriger im Beschreiben all der schönen Sachen, die so auf einmal aus einem Stück Holz herauskommen, und wie es dann neben dem Großvater stehe und ihm zuschaue und wie es das alles auch einmal machen wolle. Die Großmutter hörte mit großer Aufmerksamkeit zu, und von Zeit zu Zeit sagte sie dazwischen: „Hörst du's auch, Brigitte? Hörst du, was es vom Öhi sagt?"

Mit einem Mal wurde die Erzählung unterbrochen durch ein großes Gepolter an der Tür, und herein stampfte der Peter, blieb aber sogleich stille stehen und sperrte seine runden Augen ganz erstaunlich weit auf, als er das Heidi erblickte, und schnitt die allerfreundlichste Grimasse, als es ihm sogleich zurief: „Guten Abend, Peter!"

„Ist denn das möglich, dass der schon aus der Schule kommt", rief die Großmutter ganz verwundert aus. „So geschwind ist mir seit manchem Jahr kein Nachmittag vergangen! Guten Abend, Peterli, wie geht es mit dem Lesen?"

„Gleich", gab der Peter zur Antwort.

„So, so", sagte die Großmutter ein wenig seufzend, „ich habe gedacht, es gäbe vielleicht eine Änderung auf die Zeit, wenn du dann zwölf Jahre alt wirst gegen den Hornung hin."

„Warum muss es eine Änderung geben, Großmutter?", fragte Heidi gleich mit Interesse.

„Ich meine nur, dass er es etwa noch hätte lernen können", sagte die Großmutter, „das Lesen mein ich. Ich habe dort oben auf dem Gestell ein altes Gebetbuch, da sind schöne Lieder drin, die habe ich so lange nicht mehr gehört, und im Gedächtnis habe ich sie auch nicht mehr; da habe ich gehofft, wenn der Peterli nun lesen lerne, so könne er mir etwa ein gutes Lied lesen; aber er kann es nicht lernen, es ist ihm zu schwer."

„Ich denke, ich muss Licht machen, es wird ja schon ganz dunkel", sagte jetzt Peters Mutter, die immer emsig am Wams fortgeflickt hatte; „der Nachmittag ist mir auch vergangen, ohne dass ich's merkte."

Nun sprang Heidi von seinem Stühlchen auf, streckte eilig seine Hand aus und sagte: „Gut Nacht, Großmutter, ich muss auf der Stelle heim, wenn es dunkel wird", und hintereinander bot es dem Peter und seiner Mutter die Hand und ging der Tür zu. Aber die Großmutter rief besorgt: „Wart, wart, Heidi; so allein musst du nicht fort, der Peter muss mit dir, hörst du? Und gib Acht auf das Kind, Peterli, dass es nicht umfällt, und steh nicht still mit ihm, dass es nicht friert, hörst du? Hat es auch ein dickes Halstuch an?"

„Ich habe gar kein Halstuch an", rief Heidi zurück, „aber ich will schon nicht frieren"; damit war es zur Tür hinaus und huschte so behend weiter, dass der Peter kaum nachkam. Aber die Großmutter rief jammernd: „Lauf ihm nach, Brigitte, lauf, das Kind muss ja erfrieren, so bei der Nacht, nimm mein Halstuch mit, lauf schnell!" Die Brigitte gehorchte. Die Kinder hatten aber kaum ein paar Schritte den Berg hinan getan, so sahen sie von oben herunter den Großvater kommen, und mit wenigen rüstigen Schritten stand er vor ihnen.

„Recht so, Heidi, Wort gehalten!", sagte er, packte das Kind wieder fest in seine Decke ein, nahm es auf seinen Arm und stieg den Berg hinauf. Eben hatte die Brigitte noch gesehen, wie der Alte das Kind wohl verpackt auf seinen Arm genommen und den Rückweg angetreten hatte. Sie trat mit dem Peter wieder in die Hütte ein und erzählte der Großmutter mit Verwunderung, was sie gesehen hatte. Auch diese musste sich sehr verwundern und ein Mal über das andere sagen: „Gott Lob und Dank, dass er so ist mit dem Kind, Gott Lob und Dank! Wenn er es nur auch wieder zu mir lässt, das Kind hat mir so wohl gemacht! Was hat es für ein gutes Herz und wie kann es so kurzweilig erzählen!" Und immer wieder freute sich die Großmutter, und bis sie ins Bett ging, sagte sie immer wieder: „Wenn es nur auch wiederkommt! Jetzt habe ich doch noch etwas auf der Welt, auf das ich mich freuen kann!" Und die Brigitte stimmte jedes Mal ein, wenn die Großmutter wieder dasselbe sagte, und auch der Peter nickte jedes Mal zustimmend mit dem Kopf und zog seinen Mund weit auseinander vor Vergnüglichkeit und sagte: „Hab's schon gewusst."

Unterdessen redete das Heidi in seinem Sack drinnen immerzu an den Großvater heran; da die Stimme aber nicht durch den achtfachen Umschlag dringen konnte und er daher kein Wort verstand, sagte er: „Wart ein wenig, bis wir daheim sind, dann sag's."

Sobald er nun, oben angekommen, in seine Hütte eingetreten war und Heidi aus seiner Hülle herausgeschält hatte, sagte es: „Großvater, morgen müssen wir den Hammer und die großen Nägel mitnehmen und den Laden festschlagen bei der Großmutter und sonst noch viele Nägel einschlagen, denn es kracht und klappert alles bei ihr."

„Müssen wir? So, das müssen wir? Wer hat dir das gesagt?", fragte der Großvater.

„Das hat mir kein Mensch gesagt, ich weiß es sonst", entgegnete Heidi, „denn es hält alles nicht mehr fest und es ist der Großmutter angst und bang, wenn sie nicht schlafen kann und es so tut, und sie denkt: „Jetzt fällt alles ein und gerade auf unsere Köpfe"; und der Großmutter kann man gar nicht mehr hell machen, sie weiß gar nicht, wie man es könnte, aber du kannst es schon, Großvater; denk nur, wie traurig es ist, wenn sie immer im Dunkeln ist und es ihr dann noch angst und bang ist und es kann ihr kein Mensch helfen als du! Morgen wollen wir gehen und ihr helfen; gelt, Großvater, wir wollen?"

Heidi hatte sich an den Großvater angeklammert und schaute mit zweifellosem Vertrauen zu ihm auf. Der Alte schaute eine kleine Weile auf das Kind nieder, dann sagte er: „Ja, Heidi, wir wollen machen, dass es nicht mehr so klappert bei der Großmutter, das können wir; morgen tun wir's."

Nun hüpfte das Kind vor Freude im ganzen Hüttenraum herum und rief ein Mal ums andere: „Morgen tun wir's! Morgen tun wir's!"

Der Großvater hielt Wort. Am folgenden Nachmittag wurde dieselbe Schlittenfahrt ausgeführt. Wie am vorhergehenden Tag stellte der Alte das Kind vor der Tür der Geißenpeter-Hütte nieder und sagte: „Nun geh hinein, und wenn's Nacht wird, komm wieder." Dann legte er den Sack auf den Schlitten und ging um das Häuschen herum.

Kaum hatte Heidi die Tür aufgemacht und war in die Stube hineingesprungen, so rief schon die Großmutter aus der Ecke: „Da kommt das Kind! Das ist das Kind!“, und ließ vor Freude den Faden los und das Rädchen stehen und streckte beide Hände nach dem Kinde aus. Heidi lief zu ihr, rückte gleich das niedere Stühlchen ganz nahe an sie heran, setzte sich darauf und hatte der Großmutter schon wieder eine große Menge von Dingen zu erzählen und von ihr zu erfragen. Aber auf einmal ertönten so gewaltige Schläge an das Haus, dass die Großmutter vor Schrecken so zusammenfuhr, dass sie fast das Spinnrad umwarf, und zitternd ausrief: „Ach du mein Gott, jetzt kommt's, es fällt alles zusammen!“ Aber Heidi hielt sie fest um den Arm und sagte tröstend: „Nein, nein, Großmutter, erschrick du nur nicht, das ist der Großvater mit dem Hammer, jetzt macht er alles fest, dass es dir nicht mehr angst und bang wird.“

„Ach, ist auch das möglich! Ist auch so etwas möglich! So hat uns doch der liebe Gott nicht ganz vergessen!“, rief die Großmutter aus. „Hast du's gehört, Brigitte, was es ist, hörst du's? Wahrhaftig, es ist ein Hammer! Geh hinaus, Brigitte, und wenn es der Alm-Öhi ist, so sag ihm, er soll doch dann auch einen Augenblick hereinkommen, dass ich ihm auch danken kann.“

Die Brigitte ging hinaus. Eben schlug der Alm-Öhi mit großer Gewalt neue Kloben in die Mauer; Brigitte trat an ihn heran und sagte: „Ich wünsche Euch guten Abend, Öhi, und die Mutter auch, und wir haben Euch zu danken, dass Ihr uns einen solchen Dienst tut, und die Mutter möchte Euch noch gern eigens danken drinnen; sicher, es hätte uns das nicht gerad einer getan, wir wollen Euch auch dran denken, denn sicher“

„Macht's kurz“, unterbrach sie der Alte hier; „was Ihr vom Alm-Öhi haltet, weiß ich schon. Geht nur wieder hinein; wo's fehlt, find ich selber.“

Brigitte gehorchte sogleich, denn der Öhi hatte eine Art, der man sich nicht leicht widersetzte. Er klopfte und hämmerte um das ganze Häuschen herum, stieg dann das schmale Treppchen hinauf bis unter das Dach, hämmerte weiter und weiter, bis er auch den letzten Nagel eingeschlagen, den er mitgebracht hatte. Unterdessen war auch schon die

Dunkelheit hereingebrochen, und kaum war er heruntergestiegen und hatte seinen Schlitten hinter dem Geißenstall hervorgezogen, als auch schon Heidi aus der Tür trat und vom Großvater wie gestern verpackt auf den Arm genommen und der Schlitten nachgezogen wurde, denn allein da drauf sitzend, wäre die ganze Umhüllung vom Heidi abgefallen, und es wäre fast oder ganz erfroren. Das wusste der Großvater wohl und hielt das Kind ganz warm in seinem Arm.

So ging der Winter dahin. In das freudlose Leben der blinden Großmutter war nach langen Jahren eine Freude gefallen und ihre Tage waren nicht mehr lang und dunkel, einer wie der andere, denn nun hatte sie immer etwas in Aussicht, nach dem sie verlangen konnte. Vom frühen Morgen an lauschte sie auch schon auf den trippelnden Schritt, und ging dann die Tür auf und das Kind kam wirklich dahergesprungen, dann rief sie jedes Mal in lauter Freude: „Gottlob! Da kommt's wieder!“ Und Heidi setzte sich zu ihr und plauderte und erzählte so lustig von allem, was es wusste, dass es der Großmutter ganz wohl machte und ihr die Stunden dahingingen, sie merkte es nicht, und kein einziges Mal fragte sie mehr so wie früher: „Brigitte, ist der Tag noch nicht um?“, sondern jedes Mal, wenn Heidi die Tür hinter sich schloss, sagte sie: „Wie war doch der Nachmittag so kurz; ist es nicht wahr, Brigitte?“ Und diese sagte: „Doch sicher, es ist mir, wir haben erst die Teller vom Essen weggestellt.“ Und die Großmutter sagte wieder: „Wenn mir nur der Herrgott das Kind erhält und dem Alm-Öhi den guten Willen! Sieht es auch gesund aus, Brigitte?“ Und jedes Mal erwiderte diese: „Es sieht aus wie ein Erdbeerapfel.“

Heidi hatte auch eine große Anhänglichkeit an die alte Großmutter, und wenn es ihm wieder in den Sinn kam, dass ihr gar niemand, auch der Großvater nicht mehr hell machen konnte, überkam es immer wieder eine große Betrübnis; aber die Großmutter sagte ihm immer wieder, dass sie am wenigsten davon leide, wenn es bei ihr sei, und Heidi kam auch an jedem schönen Wintertag heruntergefahren auf seinem Schlitten. Der Großvater hatte, ohne weitere Worte, so fortgefahren, hatte jedes Mal den Hammer und allerlei andere Sachen mit aufgeladen und manchen Nachmittag durch an dem Geißenpeter-Häuschen herumgeklopft. Das hatte aber auch seine gute Wirkung; es krachte und klapperte nicht mehr die ganzen Nächte durch, und die Großmutter sagte, so habe sie manchen Winter lang nicht mehr schlafen können, das wolle sie auch dem Öhi nie vergessen.

Es kommt ein Besuch und dann noch einer, der mehr Folgen hat

Schnell war der Winter und noch schneller der fröhliche Sommer darauf vergangen, und ein neuer Winter neigte sich schon wieder dem Ende zu. Heidi war glücklich und froh wie die Vöglein des Himmels und freute sich jeden Tag mehr auf die herannahenden Frühlingstage, da der warme Föhn durch die Tannen brausen und den Schnee wegfegen würde und dann die helle Sonne die blauen und gelben Blümlein hervorlocken und die Tage der Weide kommen würden, die für Heidi das Schönste mit sich brachten, was es auf Erden geben konnte. Heidi stand nun in seinem achten Jahre; es hatte vom Großvater allerlei Kunstgriffe erlernt: Mit den Geißen wusste es so gut umzugehen als nur einer, und Schwänli und Bärli liefen ihm nach wie treue Hündlein und meckerten gleich laut vor Freude, wenn sie nur seine Stimme hörten. In diesem Winter hatte Peter schon zweimal vom Schullehrer im Dörfli den Bericht gebracht, der Alm-Öhi solle das Kind, das bei ihm sei, nun in die Schule schicken, es habe schon mehr als das Alter und hätte schon im letzten Winter kommen sollen. Der Öhi hatte beide Male dem Schullehrer sagen lassen, wenn er etwas mit ihm wolle, so sei er daheim, das Kind schicke er nicht in die Schule. Diesen Bericht hatte der Peter richtig überbracht.

Als die Märzsonne den Schnee an den Abhängen geschmolzen hatte und überall die weißen Schneeglöckchen hervorguckten im Tal und auf der Alm die Tannen ihre Schneelast abgeschüttelt hatten und die Äste wieder lustig wehten, da rannte Heidi vor Wonne immer hin und her von der Haustür zum Geißenstall und von da unter die Tannen und dann wieder hinein zum Großvater, um ihm zu berichten, wie viel größer das Stück grüner Boden unter den Bäumen wieder geworden sei, und gleich nachher kam es wieder nachzusehen, denn es konnte nicht erwarten, dass alles wieder grün wurde und der ganze schöne Sommer mit Grün und Blumen wieder auf die Alm gezogen kam.

Als Heidi so am sonnigen Märzmorgen hin und her rannte und jetzt wohl zum zehnten Mal über die Türschwelle sprang, wäre es vor Schrecken fast rückwärts wieder hineingefallen, denn auf einmal stand es vor einem schwarzen alten Herrn, der es ganz ernsthaft anblickte. Als er aber seinen Schrecken sah, sagte er freundlich: „Du musst nicht erschrecken vor mir, die Kinder sind mir lieb. Gib mir die Hand! Du wirst das Heidi sein; wo ist der Großvater?“

„Er sitzt am Tisch und schnitzt runde Löffel von Holz“, erklärte Heidi und machte nun die Tür wieder auf.

Es war der alte Herr Pfarrer aus dem Dörfli, der den Öhi vor Jahren gut gekannt hatte, als er noch unten wohnte und sein Nachbar war. Er trat in die Hütte ein, ging auf den Alten zu, der sich über sein Schnitzwerk hinbeugte, und sagte: „Guten Morgen, Nachbar.“

Verwundert schaute dieser in die Höhe, stand dann auf und entgegnete: „Guten Morgen dem Herrn Pfarrer.“ Dann stellte er seinen Stuhl vor den Herrn hin und fuhr fort: „Wenn der Herr Pfarrer einen Holzsitz nicht scheut, hier ist einer.“

Der Herr Pfarrer setzte sich. „Ich habe Euch lange nicht gesehen, Nachbar“, sagte er dann.

„Ich den Herrn Pfarrer auch nicht“, war die Antwort.

„Ich komme heut, um etwas mit Euch zu besprechen“, fing der Herr Pfarrer wieder an; „ich denke, Ihr könnt schon wissen, was meine Angelegenheit ist, worüber ich mich mit Euch verständigen und hören will, was Ihr im Sinne habt.“

Der Herr Pfarrer schwieg und schaute auf Heidi, das an der Tür stand und die neue Erscheinung aufmerksam betrachtete.

„Heidi, geh zu den Geißen“, sagte der Großvater. „Kannst ein wenig Salz mitnehmen und bei ihnen bleiben, bis ich auch komme.“

Heidi verschwand sofort.

„Das Kind hätte schon vor dem Jahr und noch sicherer diesen Winter die Schule besuchen sollen“, sagte nun der Herr Pfarrer; „der Lehrer hat Euch mahnen lassen, Ihr habt keine Antwort darauf gegeben; was habt Ihr mit dem Kind im Sinn, Nachbar?“

„Ich habe im Sinn, es nicht in die Schule zu schicken“, war die Antwort.

Verwundert schaute der Herr Pfarrer auf den Alten, der mit gekreuzten Armen auf seiner Bank saß und gar nicht nachgiebig aussah.

„Was wollt Ihr aus dem Kinde machen?“, fragte jetzt der Herr Pfarrer.

„Nichts, es wächst und gedeiht mit den Geißen und den Vögeln; bei denen ist es ihm wohl und es lernt nichts Böses von ihnen.“

„Aber das Kind ist keine Geiß und kein Vogel, es ist ein Menschenkind. Wenn es nichts Böses lernt von diesen seinen Kameraden, so lernt es auch sonst nichts von ihnen; es soll aber etwas lernen, und die Zeit dazu ist da. Ich bin gekommen, es Euch zeitig zu sagen, Nachbar, damit Ihr Euch besinnen und einrichten könnt den Sommer durch. Dies war der letzte Winter, den das Kind so ohne allen Unterricht zugebracht hat; nächsten Winter kommt es zur Schule, und zwar jeden Tag.“

„Ich tu's nicht, Herr Pfarrer“, sagte der Alte unentwegt.

„Meint Ihr denn wirklich, es gebe kein Mittel, Euch zur Vernunft zu bringen, wenn Ihr so eigensinnig bei Eurem unvernünftigen Tun beharren wollt?“, sagte der Herr Pfarrer jetzt ein wenig eifrig. „Ihr seid weit in der Welt herumgekommen und habt viel gesehen und vieles lernen können, ich hätte Euch mehr Einsicht zugetraut, Nachbar.“

„So“, sagte jetzt der Alte und seine Stimme verriet, dass es auch in seinem Innern nicht mehr so ganz ruhig war; „und meint denn der Herr Pfarrer, ich werde wirklich im nächsten Winter am eisigen Morgen durch Sturm und Schnee ein zartgliedriges Kind den Berg hinunterschicken, zwei Stunden weit, und zur Nacht wieder heraufkommen lassen, wenn's manchmal tobt und tut, dass unsereiner fast in Wind und Schnee ersticken müsste, und dann ein Kind wie dieses? Und vielleicht kann sich der Herr Pfarrer auch noch der Mutter erinnern, der Adelheid; sie war mondsüchtig und hatte Zufälle, soll das Kind auch so etwas holen mit der Anstrengung? Es soll mir einer kommen und mich zwingen wollen! Ich gehe vor alle Gerichte mit ihm, und dann wollen wir sehen, wer mich zwingt!"

„Ihr habt ganz Recht, Nachbar", sagte der Herr Pfarrer mit Freundlichkeit; „es wäre nicht möglich, das Kind von hier aus zur Schule zu schicken. Aber ich kann sehen, das Kind ist Euch lieb; tut um seinetwillen etwas, das Ihr schon lange hättet tun sollen, kommt wieder ins Dörfli herunter und lebt wieder mit den Menschen. Was ist das für ein Leben hier oben, allein und verbittert gegen Gott und Menschen! Wenn Euch einmal etwas zustoßen würde hier oben, wer würde Euch beistehen? Ich kann auch gar nicht begreifen, dass Ihr den Winter durch nicht halb erfriert in Eurer Hütte, und wie das zarte Kind es nur aushalten kann!"

„Das Kind hat junges Blut und eine gute Decke, das möchte ich dem Herrn Pfarrer sagen, und dann noch eins: Ich weiß, wo es Holz gibt, und auch, wann die gute Zeit ist, es zu holen; der Herr Pfarrer darf in meinen Schopf hineingehen, es ist etwas drin, in meiner Hütte geht das Feuer nie aus den Winter durch. Was der Herr Pfarrer mit dem Herunterkommen meint, ist nicht für mich; die Menschen da unten verachten mich und ich sie auch, wir bleiben voneinander, so ist's beiden wohl."

„Nein, nein, es ist Euch nicht wohl; ich weiß, was Euch fehlt", sagte der Herr Pfarrer mit herzlichem Ton. „Mit der Verachtung der Menschen dort unten ist es so schlimm nicht. Glaubt mir, Nachbar: Sucht Frieden mit Eurem Gott zu machen, bittet um seine Verzeihung, wo Ihr sie nötig habt, und dann kommt und seht, wie anders Euch die Menschen ansehen und wie wohl es Euch noch werden kann."

Der Herr Pfarrer war aufgestanden, er hielt dem Alten die Hand hin und sagte nochmals mit Herzlichkeit: „Ich zähle darauf, Nachbar, im nächsten Winter seid Ihr wieder unten bei uns und wir sind die alten, guten Nachbarn. Es würde mir großen Kummer machen, wenn ein Zwang gegen Euch müsste angewandt werden; gebt mir jetzt die Hand darauf, dass ihr herunterkommt und wieder unter uns leben wollt, ausgesöhnt mit Gott und den Menschen."

Der Alm-Öhi gab dem Herrn Pfarrer die Hand und sagte fest und bestimmt: „Der Herr Pfarrer meint es recht mit mir; aber was er erwartet, das tu ich nicht, ich sag es sicher und ohne Wandel: Das Kind schick ich nicht, und herunter komm ich nicht."

„So helf Euch Gott!", sagte der Herr Pfarrer und ging traurig zur Tür hinaus und den Berg hinunter.

Der Alm-Öhi war verstimmt. Als Heidi am Nachmittag sagte: „Jetzt wollen wir zur Großmutter", erwiderte er kurz: „Heut nicht." Den ganzen Tag sprach er nicht mehr, und am folgenden Morgen, als Heidi fragte: „Gehen wir heut zur Großmutter?", war er noch gleich kurz von Worten wie im Ton und sagte nur: „Wollen sehen." Aber noch bevor die Schüsselchen vom Mittagessen weggestellt waren, trat schon wieder ein Besuch zur Tür herein, es war die Base Dete. Sie hatte einen schönen Hut auf dem Kopf mit einer Feder darauf und ein Kleid, das alles mitfegte, was am Boden lag, und in der Sennhütte lag da allerlei, das nicht an ein Kleid gehörte. Der Öhi schaute sie an von oben bis unten und sagte kein Wort. Aber die Base Dete hatte im Sinn, ein sehr freundliches Gespräch zu führen, denn sie fing an zu rühmen und sagte, das Heidi sehe so gut aus, sie habe es fast nicht mehr gekannt und man könne schon sehen, dass es ihm nicht schlecht gegangen sei beim Großvater. Sie habe aber gewiss auch immer darauf gedacht, es ihm wieder abzunehmen, denn sie habe ja schon begreifen können, dass ihm das Kleine im Weg sein müsse, aber in jenem Augenblick habe sie es ja nirgends sonst hintun können; seitdem aber habe sie Tag und Nacht nachgesonnen, wo sie das Kind etwa unterbringen könnte, und deswegen komme sie auch heute, denn auf einmal habe sie etwas vernommen, da könne das Heidi zu einem solchen Glück kommen, dass sie es gar nicht habe glauben wollen. Dann sei sie aber auf der Stelle der Sache nachgegangen, und nun könne sie sagen, es sei alles so gut wie in Richtigkeit, das Heidi komme zu einem Glück wie unter Hunderttausenden nicht eines. Furchtbar reiche Verwandte von ihrer Herrschaft, die fast im schönsten Haus in ganz Frankfurt wohnen, die haben ein einziges Töchterlein, das müsse immer im Rollstuhl sitzen, denn es sei auf einer Seite lahm und sonst nicht gesund, und so sei es fast immer allein und müsse auch allen Unterricht allein nehmen bei einem Lehrer, und das sei ihm so langweilig, und auch sonst hätte es gern eine Gespielin im Haus, und da haben sie so davon geredet bei ihrer Herrschaft, und wenn man nur so ein Kind finden könnte, wie die Dame beschrieb, die in dem Haus die Wirtschaft führte, denn ihre Herrschaft habe viel Mitgefühl und möchte dem kranken Töchterlein eine gute Gespielin gönnen. Die Wirtschaftsdame hatte nun gesagt, sie wolle so ein recht unverdorbenes, so ein eigenartiges, das nicht sei wie alle, die man so alle Tage sehe. Da habe sie selbst denn auf der Stelle an das Heidi gedacht und sei gleich hingelaufen und habe der Dame alles so beschrieben vom Heidi und so von seinem Charakter, und die Dame habe sogleich zugesagt. Nun könne gar kein Mensch wissen, was dem Heidi alles an Glück und Wohlfahrt bevorstehe, denn wenn es dann einmal dort sei und die Leute es gern mögen und es etwa mit dem eigenen Töchterchen etwas geben sollte – man könne ja nie wissen, es sei doch so schwächlich –, und wenn eben die Leute doch nicht ohne ein Kind bleiben wollten, so könnte ja das unerhörteste Glück –

„Bist du bald fertig?“, unterbrach hier der Öhi, der bis dahin kein Wort dazwischengeredet hatte.

„Pah“, gab die Dete zurück und warf den Kopf auf, „Ihr tut gerade, wie wenn ich Euch das ordinärste Zeug gesagt hätte, und ist doch durchs ganze Prättigau auf und ab nicht einer, der nicht Gott im Himmel dankte, wenn ich ihm die Nachricht brächte, die ich Euch gebracht habe.“

„Bring sie, wem du willst, ich will nichts davon“, sagte der Öhi trocken.

Aber jetzt fuhr die Dete auf wie eine Rakete und rief: „Ja, wenn Ihr es so meint, dann will ich Euch denn schon auch sagen, wie ich es meine: Das Kind ist jetzt acht Jahre alt und kann nichts und weiß nichts, und Ihr wollt es nichts lernen lassen; Ihr wollt es in keine Schule und in keine Kirche schicken, das haben sie mir gesagt unten im Dörfli, und es ist meiner einzigen Schwester Kind; ich hab es zu verantworten, wie's mit ihm geht, und wenn ein Kind ein Glück erlangen kann wie jetzt das Heidi, so kann ihm nur einer davor sein, dem es um alle Leute gleich ist und der keinem etwas Gutes wünscht. Aber ich gebe nicht nach, das sag ich Euch, und die Leute habe ich alle für mich, es ist kein Einziger unten im Dörfli, der nicht mir hilft und gegen Euch ist, und wenn Ihr's etwa wollt vor Gericht kommen lassen, so besinnt Euch wohl, Öhi; es gibt noch Sachen, die Euch dann könnten aufgewärmt werden, die Ihr nicht gern hörtet, denn wenn man's einmal mit dem Gericht zu tun hat, so wird noch manches aufgespürt, an das keiner mehr denkt."

„Schweig!", donnerte der Öhi heraus, und seine Augen flammten wie Feuer. „Nimm's und verdirb's! Komm mir nie mehr vor Augen mit ihm, ich will's nie sehen mit dem Federhut auf dem Kopf und Worten im Mund wie dich heut!"

Der Öhi ging mit großen Schritten zur Tür hinaus.

„Du hast den Großvater bös gemacht", sagte Heidi und blitzte mit seinen schwarzen Augen die Base wenig freundlich an.

„Er wird schon wieder gut, komm jetzt", drängte die Base; „wo sind deine Kleider?"

„Ich komme nicht", sagte Heidi.

„Was sagst du?", fuhr die Base auf; dann änderte sie den Ton ein wenig und fuhr halb freundlich, halb ärgerlich weiter: „Komm, komm, du verstehst's nicht besser, du wirst es so gut haben, wie du gar nicht weißt." Dann ging sie an den Schrank, nahm Heidis Sachen hervor und packte sie zusammen: „So, komm jetzt, nimm dort dein Hütchen, es sieht nicht schön aus, aber es ist gleich für einmal, setz es auf und mach, dass wir fortkommen."

„Ich komme nicht", wiederholte Heidi.

„Sei doch nicht so dumm und störrig wie eine Geiß; denen hast du's abgesehen. Begreif doch nur, jetzt ist der Großvater bös, du hast's ja gehört, dass er gesagt hat, wir sollen ihm nicht mehr vor Augen kommen, er will es nun haben, dass du mit mir gehst, und jetzt musst du ihn nicht noch böser machen. Du weißt gar nicht, wie schön es ist in Frankfurt und was du alles sehen wirst, und gefällt es dir dann nicht, so kannst du wieder heimgehen; bis dahin ist der Großvater dann wieder gut."

„Kann ich gerad wieder umkehren und heimkommen heut Abend?", fragte Heidi.

„Ach was, komm jetzt! Ich sag dir's ja, du kannst wieder heim, wann du willst. Heut gehen wir bis nach Maienfeld hinunter und morgen früh sitzen wir in der Eisenbahn, mit der bist du nachher im Augenblick wieder daheim, das geht wie geflogen."

Die Base Dete hatte das Bündelchen Kleider auf den Arm und Heidi an die Hand genommen; so gingen sie den Berg hinunter.

Da es noch nicht Weidezeit war, ging der Peter noch zur Schule ins Dörfli hinunter, oder sollte doch dahin gehen; aber er machte hier und da einen Tag Ferien, denn er dachte, es nütze nichts, dahin zu gehen, das Lesen brauche man auch nicht, und ein wenig herumfahren und große Ruten suchen nütze etwas, denn diese könne man brauchen. So kam er eben in der Nähe seiner Hütte von der Seite her mit sichtlichem Erfolg seiner heutigen Bestrebungen, denn er trug ein ungeheures Bündel langer, dicker Haselruten auf der Achsel. Er stand still und starrte die zwei Entgegenkommenden an, bis sie bei ihm ankamen; dann sagte er: „Wo willst du hin?"

„Ich muss nur geschwind nach Frankfurt mit der Base", antwortete Heidi, „aber ich will zuerst noch zur Großmutter hinein, sie wartet auf mich."

„Nein, nein, keine Rede, es ist schon viel zu spät", sagte die Base eilig und hielt das fortstrebende Heidi fest bei der Hand; „du kannst dann gehen, wenn du wieder heimkommst, komm jetzt!" Damit zog die Base das Heidi fest weiter und ließ es nicht mehr los, denn sie fürchtete, es könne drinnen dem Kinde wieder in den Sinn kommen, es wolle nicht fort, und die Großmutter könne ihm helfen wollen. Der Peter sprang in die Hütte hinein und schlug mit seinem ganzen Bündel Ruten so furchtbar auf den Tisch los, dass alles erzitterte und die Großmutter vor

Schrecken vom Spinnrad aufsprang und laut aufjammerte. Der Peter hatte sich Luft machen müssen.

„Was ist's denn? Was ist's denn?“, rief angstvoll die Großmutter, und die Mutter, die am Tisch gesessen hatte und fast aufgeflogen war bei dem Knall, sagte in angeborener Langmut: „Was hast, Peterli; warum tust so wüst?“

„Weil sie das Heidi mitgenommen hat“, erklärte Peter.

„Wer? Wer? Wohin, Peterli, wohin?“, fragte die Großmutter jetzt mit neuer Angst; sie musste aber schnell erraten haben, was vorging, die Tochter hatte ihr ja vor kurzem berichtet, sie habe die Dete gesehen zum Alm-Öhi hinaufgehen. Ganz zitternd vor Eile machte die Großmutter das Fenster auf und rief flehentlich hinaus: „Dete, Dete, nimm uns das Kind nicht weg! Nimm uns das Heidi nicht!“

Die beiden Laufenden hörten die Stimme, und die Dete mochte wohl ahnen, was sie rief, denn sie fasste das Kind noch fester und lief, was sie konnte. Heidi widerstrebte und sagte: „Die Großmutter hat gerufen, ich will zu ihr.“

Aber das wollte die Base gerade nicht und beschwichtigte das Kind, es solle nur schnell kommen jetzt, dass sie nicht noch zu spät kämen, sondern dass sie morgen weiterreisen könnten, es könnte ja dann sehen, wie es ihm gefallen werde in Frankfurt, dass es gar nie mehr fortwolle dort; und wenn es doch heim wolle, so könne es ja gleich gehen und dann erst noch der Großmutter etwas mit heimbringen, was sie freue. Das war eine Aussicht für Heidi, die ihm gefiel. Es fing an zu laufen ohne Widerstreben.

„Was kann ich der Großmutter heimbringen?“, fragte es nach einer Weile.

„Etwas Gutes“, sagte die Base, „so schöne, weiche Weißbrötchen, da wird sie Freud haben daran, sie kann ja doch das harte, schwarze Brot fast nicht mehr essen.“

„Ja, sie gibt es immer wieder dem Peter und sagt: „Es ist mir zu hart“; das habe ich selbst gesehen“, bestätigte das Heidi. „So wollen wir geschwind gehen, Base Dete; dann kommen wir vielleicht heut noch nach Frankfurt, dass ich bald wieder da bin mit den Brötchen."

Heidi fing nun so zu rennen an, dass die Base mit ihrem Bündel auf dem Arm fast nicht mehr nachkam. Aber sie war sehr froh, dass es so rasch ging, denn nun kamen sie gleich zu den ersten Häusern vom Dörfli, und da konnte es wieder allerhand Reden und Fragen geben, die das Heidi wieder auf andere Gedanken bringen konnten. So lief sie stracks durch, und das Kind zog dabei noch so stark an ihrer Hand, dass alle Leute es sehen konnten, wie sie um des Kindes willen so pressieren musste. So rief sie auf alle die Fragen und Anrufungen, die ihr aus allen Fenstern und Türen entgegentönten, nur immer zurück: „Ihr seht's ja, ich kann jetzt nicht still stehen, das Kind pressiert und wir haben noch weit."

„Nimmst's mit?" – „Läuft's dem Alm-Öhi fort?" – „Es ist nur ein Wunder, dass es noch am Leben ist!" – „Und dazu noch so rotbackig!" So tönte es von allen Seiten, und die Dete war froh, dass sie ohne Verzug durchkam und keinen Bescheid geben musste und auch Heidi kein Wort sagte, sondern nur immer vorwärts strebte in großem Eifer. –

Von dem Tage an machte der Alm-Öhi, wenn er herunterkam und durchs Dörfli ging, ein böseres Gesicht als je zuvor. Er grüßte keinen Menschen und sah mit seinem Käsereff auf dem Rücken, mit dem ungeheuren Stock in der Hand und den zusammengezogenen dicken Brauen so drohend aus, dass die Frauen zu den kleinen Kindern sagten: „Gib Acht! Geh dem Alm-Öhi aus dem Weg, er könnte dir noch etwas tun!"

Der Alte verkehrte mit keinem Menschen im Dörfli, er ging nur durch und weit ins Tal hinab, wo er seinen Käse verhandelte und seine Vorräte an Brot und Fleisch einnahm. Wenn er so vorbeigegangen war im Dörfli, dann standen hinter ihm die Leute alle in Trüppchen zusammen, und jeder wusste etwas Besonderes, was er am Alm-Öhi gesehen hatte, wie er immer wilder aussehe und dass er jetzt keinem Menschen mehr auch nur einen Gruß abnehme, und alle kamen darin überein, dass es ein großes Glück sei, dass das Kind habe entweichen können, und man habe auch wohl gesehen, wie es fortgedrängt habe, so, als fürchte es, der Alte sei schon hinter ihm drein, um es zurückzuholen. Nur die blinde Großmutter hielt unverrückt zum Alm-Öhi, und wer zu ihr heraufkam, um bei ihr spinnen zu lassen oder das Gesponnene zu holen, dem erzählte sie es immer wieder, wie gut und sorgfältig der Alm-Öhi mit dem Kind gewesen sei und was er an ihr und der Tochter getan habe, wie manchen Nachmittag er an ihrem Häuschen herumgeflickt, das ohne seine Hilfe gewiss schon zusammengefallen wäre. So kamen denn auch diese Berichte ins Dörfli herunter; aber die meisten, die sie vernahmen, sagten dann, die Großmutter sei vielleicht zu alt zum Begreifen, sie werde es wohl nicht recht verstanden haben, sie werde wohl auch nicht mehr gut hören, weil sie nichts mehr sehe.

Der Alm-Öhi zeigte sich jetzt nicht mehr bei den Geißenpeters; es war gut, dass er die Hütte so fest zusammengenagelt hatte, denn sie blieb für lange Zeit ganz unberührt. Jetzt begann die blinde Großmutter ihre Tage wieder mit Seufzen, und nicht einer verstrich, an dem sie nicht klagend sagte: „Ach, mit dem Kind ist alles Gute und alle Freude von uns genommen, und die Tage sind so leer! Wenn ich nur noch einmal das Heidi hören könnte, eh ich sterben muss!“

Ein neues Kapitel und lauter neue Dinge

Im Hause des Herrn Sesemann in Frankfurt lag das kranke Töchterlein, Klara, in dem bequemen Rollstuhl, in welchem es den ganzen Tag sich aufhielt und von einem Zimmer ins andere gestoßen wurde. Jetzt saß es im so genannten Studierzimmer, das neben der großen Essstube lag und wo vielerlei Gerätschaften herumstanden und -lagen, die das Zimmer wohnlich machten und zeigten, dass man hier gewöhnlich sich aufhielt. An dem großen, schönen Bücherschrank mit den Glastüren konnte man sehen, woher das Zimmer seinen Namen hatte und dass es wohl der Raum war, wo dem lahmen Töchterchen der tägliche Unterricht erteilt wurde.

Klara hatte ein blasses, schmales Gesichtchen, aus dem zwei milde, blaue Augen herausschauten, die in diesem Augenblick auf die große Wanduhr gerichtet waren, die heute besonders langsam zu gehen schien, denn Klara, die sonst kaum ungeduldig wurde, sagte jetzt mit ziemlicher Ungeduld in der Stimme: „Ist es denn immer noch nicht Zeit, Fräulein Rottenmeier?“

Die Letztere saß sehr aufrecht an einem kleinen Arbeitstisch und stickte. Sie hatte eine geheimnisvolle Hülle um sich, einen großen Kragen oder Halbmantel, welcher der Persönlichkeit einen feierlichen Anstrich verlieh, der noch erhöht wurde durch eine Art von hoch gebauter Kuppel, die sie auf dem Kopf trug. Fräulein Rottenmeier war schon seit mehreren Jahren, seitdem die Dame des Hauses gestorben war, im Hause Sesemann, führte die Wirtschaft und hatte die Oberaufsicht über das ganze Dienstpersonal.

Herr Sesemann war meistens auf Reisen, überließ daher dem Fräulein Rottenmeier das ganze Haus, nur mit der Bedingung, dass sein Töchterlein in allem eine Stimme haben solle und nichts gegen dessen Wunsch geschehen dürfe.

Während oben Klara zum zweiten Mal mit Zeichen der Ungeduld Fräulein Rottenmeier befragte, ob die Zeit noch nicht da sei, da die Erwarteten erscheinen konnten, stand unten vor der Haustür die Dete mit Heidi an der Hand und fragte den Kutscher Johann, der eben vom Wagen gestiegen war, ob sie wohl Fräulein Rottenmeier so spät noch stören dürfe.

„Das ist nicht meine Sache“, brummte der Kutscher; „klingeln Sie den Sebastian herunter, drinnen im Korridor.“

Dete tat, wie ihr geheißen war, und der Bediente des Hauses kam die Treppe herunter mit großen, runden Knöpfen auf seinem Aufwärterrock und fast ebenso großen runden Augen im Kopfe.

„Ich wollte fragen, ob ich um diese Zeit Fräulein Rottenmeier noch stören dürfe“, brachte die Dete wieder an.

„Das ist nicht meine Sache“, gab der Bediente zurück; „klingeln Sie die Jungfer Tinette herunter an der anderen Klingel“, und ohne weitere Auskunft verschwand der Sebastian.

Dete klingelte wieder. Jetzt erschien auf der Treppe die Jungfer Tinette mit einem blendend weißen Deckelchen auf der Mitte des Kopfes und einer spöttischen Miene auf dem Gesicht.

„Was ist?“, fragte sie auf der Treppe, ohne herunterzukommen. Dete wiederholte ihr Gesuch. Jungfer Tinette verschwand, kam aber bald wieder und rief von der Treppe herunter: „Sie sind erwartet!“

Jetzt stieg Dete mit Heidi die Treppe hinauf und trat, der Jungfer Tinette folgend, in das Studierzimmer ein. Hier blieb Dete höflich an der Tür stehen, Heidi immer fest an der Hand haltend, denn sie war gar nicht sicher, was dem Kinde etwa begegnen konnte auf diesem so fremden Boden.

Fräulein Rottenmeier erhob sich langsam von ihrem Sitz und kam näher, um die angekommene Gespielin der Tochter des Hauses zu betrachten. Der Anblick schien sie nicht zu befriedigen. Heidi hatte sein einfaches Baumwollröckchen an und sein altes, zerdrücktes Strohhütchen auf dem Kopf. Das Kind guckte sehr harmlos darunter hervor und betrachtete mit unverhehlter Verwunderung den Turmbau auf dem Kopf der Dame.

„Wie heißest du?“, fragte Fräulein Rottenmeier, nachdem auch sie einige Minuten lang forschend das Kind angesehen hatte, das kein Auge von ihr verwandte.

„Heidi“, antwortete es deutlich und mit klangvoller Stimme.

„Wie? Wie? Das soll doch wohl kein christlicher Name sein? So bist du doch nicht getauft worden. Welchen Namen hast du in der Taufe erhalten?“, fragte Fräulein Rottenmeier weiter.

„Das weiß ich jetzt nicht mehr“, entgegnete Heidi.

„Ist das eine Antwort!“, bemerkte die Dame mit Kopfschütteln. „Jungfer Dete, ist das Kind einfältig oder schnippisch?“

„Mit Erlaubnis und wenn es die Dame gestattet, so will ich gern reden für das Kind, denn es ist sehr unerfahren“, sagte die Dete, nachdem sie dem Heidi heimlich einen kleinen Stoß gegeben hatte für die unpassende Antwort. „Es ist aber nicht einfältig und auch nicht schnippisch, davon weiß es gar nichts; es meint alles so, wie es redet. Aber es ist heut zum ersten Mal in einem Herrenhaus und kennt die gute Manier nicht; aber es ist willig und nicht ungelehrig, wenn die Dame wollte gütige Nachsicht haben. Es ist Adelheid getauft worden, wie seine Mutter, meine Schwester selig.“

„Nun wohl, dies ist doch ein Name, den man sagen kann“, bemerkte Fräulein Rottenmeier. „Aber, Jungfer Dete, ich muss Ihnen doch sagen, dass mir das Kind für sein Alter sonderbar vorkommt. Ich habe Ihnen mitgeteilt, die Gespielin für Fräulein Klara müsste in ihrem Alter sein, um denselben Unterricht mit ihr zu verfolgen und überhaupt ihre Beschäftigungen zu teilen. Fräulein Klara hat das zwölfte Jahr zurückgelegt; wie alt ist das Kind?“

„Mit Erlaubnis der Dame“, fing die Dete wieder beredt an, „es war mir eben selber nicht mehr so ganz gegenwärtig, wie alt es sei; es ist wirklich ein wenig jünger, viel trifft es nicht an, ich kann's so ganz genau nicht sagen, es wird so um das zehnte Jahr, oder so noch etwas dazu sein, nehm ich an.“

„Jetzt bin ich acht, der Großvater hat's gesagt“, erklärte Heidi. Die Base stieß es wieder an, aber Heidi hatte keine Ahnung, warum, und wurde keineswegs verlegen.

„Was, erst acht Jahre alt?“, rief Fräulein Rottenmeier mit einiger Entrüstung aus. „Vier Jahre zu wenig! Was soll das geben! Und was hast du denn gelernt? Was hast du für Bücher gehabt bei deinem Unterricht?“

„Keine“, sagte Heidi.

„Wie? Was? Wie hast du denn lesen gelernt?“, fragte die Dame weiter.

„Das hab ich nicht gelernt und der Peter auch nicht“, berichtete Heidi.

„Barmherzigkeit! Du kannst nicht lesen? Du kannst wirklich nicht lesen!“, rief Fräulein Rottenmeier im höchsten Schrecken aus. „Ist es die Möglichkeit, nicht lesen! Was hast du denn aber gelernt?“

„Nichts“, sagte Heidi der Wahrheit gemäß.

„Jungfer Dete“, sagte Fräulein Rottenmeier nach einigen Minuten, in denen sie nach Fassung rang, „es ist alles nicht nach Abrede, wie konnten Sie mir dieses Wesen zuführen?“ Aber die Dete ließ sich nicht so bald einschüchtern; sie antwortete herzhaft: „Mit Erlaubnis der Dame, das Kind ist gerade, was ich dachte, dass sie haben wolle; die Dame hat mir beschrieben, wie es sein müsse, so ganz apart und nicht wie die anderen, und so musste ich das Kleine nehmen, denn die Größeren sind bei uns dann nicht mehr so apart, und ich dachte, dieses passe wie gemacht auf die Beschreibung. Jetzt muss ich aber gehen, denn meine Herrschaft erwartet mich; ich will, wenn's meine Herrschaft erlaubt, bald wieder kommen und nachsehen, wie es geht mit ihm.“ Mit einem Knicks war die Dete zur Tür hinaus und die Treppe hinunter mit schnellen Schritten. Fräulein Rottenmeier stand einen Augenblick noch da, dann lief sie der Dete nach; es war ihr wohl in den Sinn gekommen, dass sie noch eine Menge von Dingen mit der Base besprechen wollte, wenn das Kind wirklich dableiben sollte, und da war es doch nun einmal und, wie sie bemerkte, hatte die Base fest im Sinn, es dazulassen.

Heidi stand noch auf demselben Platz an der Tür, wo es von Anfang an gestanden hatte. Bis dahin hatte Klara von ihrem Sessel aus schweigend allem zugesehen. Jetzt winkte sie Heidi: „Komm hierher!“

Heidi trat an den Rollstuhl heran.

„Willst du lieber Heidi heißen oder Adelheid?“, fragte Klara.

„Ich heiße nur Heidi und sonst nichts“, war Heidis Antwort.

„So will ich dich immer so nennen“, sagte Klara; „der Name gefällt mir für dich, ich habe ihn aber nie gehört, ich habe aber auch nie ein Kind gesehen, das so aussieht wie du. Hast du immer nur so kurzes, krauses Haar gehabt?“

„Ja, ich denk's“, gab Heidi zur Antwort.

„Bist du gern nach Frankfurt gekommen?“, fragte Klara weiter.

„Nein, aber morgen geh ich dann wieder heim und bringe der Großmutter weiße Brötchen!“, erklärte Heidi.

„Du bist aber ein kurioses Kind!“, fuhr jetzt Klara auf. „Man hat dich ja express nach Frankfurt kommen lassen, dass du bei mir bleibest und die Stunden mit mir nehmest, und siehst du, es wird nun ganz lustig, weil du gar nicht lesen kannst, nun kommt etwas ganz Neues in den Stunden vor. Sonst ist es manchmal so schrecklich langweilig und der Morgen will gar nicht zu Ende kommen. Denn siehst du, alle Morgen um zehn Uhr kommt der Herr Kandidat, und dann fangen die Stunden an und dauern bis um zwei Uhr, das ist so lange. Der Herr Kandidat nimmt auch manchmal das Buch ganz nahe ans Gesicht heran, so, als wäre er auf einmal ganz kurzsichtig geworden, aber er gähnt nur furchtbar hinter dem Buch, und Fräulein Rottenmeier nimmt auch von Zeit zu Zeit ihr großes Taschentuch hervor und hält es vor das ganze Gesicht hin, so, als sei sie ganz ergriffen von etwas, das wir lesen; aber ich weiß recht gut, dass sie nur ganz schrecklich gähnt dahinter, und dann sollte ich auch so stark gähnen und muss es immer hinunterschlucken, denn wenn ich nur ein einziges Mal herausgähne, so holt Fräulein Rottenmeier gleich den Fischtran und sagt, ich sei wieder schwach, und Fischtran nehmen ist das Allerschrecklichste, da will ich doch lieber Gähnen schlucken. Aber nun wird's viel kurzweiliger, da kann ich dann zuhören, wie du lesen lernst.“

Heidi schüttelte ganz bedenklich mit dem Kopf, als es vom Lesenlernen hörte.

„Doch, doch, Heidi, natürlich musst du lesen lernen, alle Menschen müssen, und der Herr Kandidat ist sehr gut, er wird niemals böse, und er erklärt dir dann schon alles. Aber siehst du, wenn er etwas erklärt, dann verstehst du nichts davon; dann musst du nur warten und gar nichts sagen, sonst erklärt er dir noch viel mehr und du verstehst es noch weniger. Aber dann nachher, wenn du etwas gelernt hast und es weißt, dann verstehst du schon, was er gemeint hat.“

Jetzt kam Fräulein Rottenmeier wieder ins Zimmer zurück; sie hatte Dete nicht mehr zurückrufen können und war sichtlich aufgeregt davon, denn sie hatte dieser eigentlich gar nicht einlässlich sagen können, was alles nicht nach Abrede sei bei dem Kinde, und da sie nicht wusste, was nun zu tun sei, um ihren Schritt rückgängig zu machen, war sie umso aufgeregter, denn sie selbst hatte die ganze Sache angestiftet. Sie lief nun vom Studierzimmer ins Esszimmer hinüber, und von da wieder zurück, und kehrte dann unmittelbar wieder um und fuhr hier den Sebastian an, der seine runden Augen eben nachdenklich über den gedeckten Tisch gleiten ließ, um zu sehen, ob sein Werk keinen Mangel habe.

„Denk Er morgen Seine großen Gedanken fertig und mach Er, dass man heut noch zu Tische komme."

Mit diesen Worten fuhr Fräulein Rottenmeier an Sebastian vorbei und rief nach der Tinette mit so wenig einladendem Ton, dass die Jungfer Tinette mit noch viel kleineren Schritten herantrippelte als sonst gewöhnlich – und sich mit so spöttischem Gesicht hinstellte, dass selbst Fräulein Rottenmeier nicht wagte, sie anzufahren; umso mehr schlug ihr die Aufregung nach innen.

„Das Zimmer der Angekommenen ist in Ordnung zu bringen, Tinette", sagte die Dame mit schwer errungener Ruhe; „es liegt alles bereit, nehmen Sie noch den Staub von den Möbeln weg."

„Es ist der Mühe wert", spöttelte Tinette und ging.

Unterdessen hatte Sebastian die Doppeltüren zum Studierzimmer mit ziemlichem Knall aufgeschlagen, denn er war sehr ergrimmt, aber sich in Antworten Luft zu machen durfte er nicht wagen Fräulein Rottenmeier gegenüber; dann trat er ganz gelassen ins Studierzimmer, um den Rollstuhl hinüberzustoßen. Während er den Griff hinten am Stuhl, der sich verschoben hatte, zurechtdrehte, stellte sich Heidi vor ihn hin und schaute ihn unverwandt an, was er bemerkte. Auf einmal fuhr er auf. „Na, was ist denn da Besonderes dran?", schnurrte er Heidi an in einer Weise, wie er es wohl nicht getan, hätte er Fräulein Rottenmeier gesehen, die eben wieder auf der Schwelle stand und gerade hereintrat, als Heidi entgegnete: „Du siehst dem Geißenpeter gleich."

Entsetzt schlug die Dame ihre Hände zusammen. „Ist es die Möglichkeit!", stöhnte sie halblaut. „Nun duzt sie mir den Bedienten! Dem Wesen fehlen alle Urbegriffe!"

Der Stuhl kam herangerollt und Klara wurde von Sebastian hinausgeschoben und auf ihren Sessel an den Tisch gesetzt.

Fräulein Rottenmeier setzte sich neben sie und winkte Heidi, es sollte den Platz ihr gegenüber einnehmen. Sonst kam niemand zu Tische, und es war viel Platz da; die drei saßen auch weit auseinander, so dass Sebastian mit seiner Schüssel zum Anbieten guten Raum fand. Neben Heidis Teller lag ein schönes, weißes Brötchen; das Kind schaute mit erfreuten Blicken darauf. Die Ähnlichkeit, die Heidi entdeckt hatte, musste sein ganzes Vertrauen für den Sebastian erweckt haben, denn es saß mäuschenstill und rührte sich nicht, bis er mit der großen Schüssel zu ihm herantrat und ihm die gebratenen Fischchen hinhielt, dann zeigte es auf das Brötchen und fragte: „Kann ich das haben?" Sebastian nickte und warf dabei einen Seitenblick auf Fräulein Rottenmeier, denn es wunderte ihn, was die Frage für einen Eindruck auf sie mache. Augenblicklich ergriff Heidi sein Brötchen und steckte es in die Tasche. Sebastian machte eine Grimasse, denn das Lachen kam ihn an; er wusste aber wohl, dass ihm das nicht erlaubt war. Stumm und unbeweglich blieb er immer noch vor Heidi stehen, denn reden durfte er nicht, und weggehen durfte er wieder nicht, bis man sich bedient hatte. Heidi schaute ihm eine Zeit lang verwundert zu, dann fragte es: „Soll ich auch von dem essen?" Sebastian nickte wieder. „So gib mir", sagte es und schaute ruhig auf seinen Teller. Sebastians Grimasse wurde sehr bedenklich, und die Schüssel in seinen Händen fing an gefährlich zu zittern.

„Er kann die Schüssel auf den Tisch setzen und nachher wiederkommen", sagte jetzt Fräulein Rottenmeier mit strengem Gesicht. Sebastian verschwand sogleich. „Dir, Adelheid, muss ich überall die ersten

Begriffe beibringen, das sehe ich“, fuhr Fräulein Rottenmeier mit tiefem Seufzer fort. „Vor allem will ich dir zeigen, wie man sich am Tische bedient“, und nun machte die Dame deutlich und eingehend alles vor, was Heidi zu tun hatte. „Dann“, fuhr sie weiter, „muss ich dir hauptsächlich bemerken, dass du am Tisch nicht mit Sebastian zu sprechen hast, auch sonst nur dann, wenn du einen Auftrag oder eine notwendige Frage an ihn zu richten hast; dann aber nennst du ihn nie mehr anders als *Sie* oder *Er*, hörst du? Dass ich dich niemals mehr ihn anders nennen höre. Auch Tinette nennst du *Sie*, Jungfer Tinette. Mich nennst du so, wie du mich von allen nennen hörst; wie du Klara nennen sollst, wird sie selbst bestimmen.“

„Natürlich Klara“, sagte diese. Nun folgte aber noch eine Menge von Verhaltungsmaßregeln, über Aufstehen und Zubettegehen, über Hereintreten und Hinausgehen, über Ordnunghalten, Türenschließen, und über alledem fielen dem Heidi die Augen zu, denn es war heute vor fünf Uhr aufgestanden und hatte eine lange Reise gemacht. Es lehnte sich an den Sesselrücken und schlief ein. Als dann nach längerer Zeit Fräulein Rottenmeier zu Ende gekommen war mit ihrer Unterweisung, sagte sie: „Nun denke daran, Adelheid! Hast du alles recht begriffen?“

„Heidi schläft schon lange“, sagte Klara mit ganz belustigtem Gesicht, denn das Abendessen war für sie seit langer Zeit nie so kurzweilig verflossen.

„Es ist doch völlig unerhört, was man mit diesem Kind erlebt!“, rief Fräulein Rottenmeier in großem Ärger und klingelte so heftig, dass Tinette und Sebastian miteinander herbeigestürzt kamen; aber trotz allen Lärms erwachte Heidi nicht, und man hatte die größte Mühe, es so weit zu erwecken, dass es nach seinem Schlafgemach gebracht werden konnte; erst durch das Studierzimmer, dann durch Klaras Schlafstube, dann durch die Stube von Fräulein Rottenmeier zu dem Eckzimmer, das nun für Heidi eingerichtet war.

Fräulein Rottenmeier hat einen unruhigen Tag

Als Heidi am ersten Morgen in Frankfurt seine Augen aufschlug, konnte es durchaus nicht begreifen, was es erblickte. Es rieb ganz gewaltig seine Augen, guckte dann wieder auf und sah dasselbe. Es saß auf einem hohen, weißen Bett und vor sich sah es einen großen, weiten Raum, und wo die Helle herkam, hingen lange, lange weiße Vorhänge, und dabei standen zwei Sessel mit großen Blumen darauf, und dann kam ein Sofa an der Wand mit denselben Blumen und ein runder Tisch davor, und in der Ecke stand ein Waschtisch mit Sachen darauf, wie Heidi sie noch gar nie gesehen hatte. Aber nun kam ihm auf einmal in den Sinn, dass es in Frankfurt sei, und der ganze gestrige Tag kam ihm in Erinnerung und zuletzt noch ganz klar die Unterweisungen der Dame, soweit es sie gehört hatte. Heidi sprang nun von seinem Bett herunter und machte sich fertig. Dann ging es an ein Fenster und dann an das andere; es musste den Himmel sehen und die Erde draußen, es fühlte sich wie im Käfig hinter den großen Vorhängen. Es konnte diese nicht wegschieben; so kroch es dahinter, um an ein Fenster zu kommen. Aber dieses war so hoch, dass Heidi nur gerade mit dem Kopf so weit hinaufreichte, dass es durchsehen konnte. Aber Heidi fand nicht, was es suchte. Es lief von einem Fenster zum anderen und dann wieder zum ersten zurück; aber immer war dasselbe vor seinen Augen, Mauern und Fenster und wieder Mauern und dann wieder Fenster. Es wurde Heidi ganz bange. Noch war es früh am Morgen, denn Heidi war gewöhnt, früh aufzustehen auf der Alm und dann sogleich hinauszulaufen vor die Tür und zu sehen, wie's draußen sei, ob der Himmel blau und die Sonne schon droben sei, ob die Tannen rauschen und die kleinen Blumen schon die Augen offen haben. Wie das Vögelein, das zum ersten Mal in seinem schön glänzenden Gefängnis sitzt, hin und her schießt und bei allen Stäben probiert, ob es nicht dazwischen durchschlüpfen und in die Freiheit hinausfliegen könne, so lief Heidi immer von dem einen Fenster zum anderen, um zu probieren, ob es nicht aufgemacht werden könne, denn dann musste man doch etwas anderes sehen als Mauern und Fenster, da musste doch unten der Erdboden, das grüne Gras und der letzte schmelzende Schnee an den

Abhängen zum Vorschein kommen, und Heidi sehnte sich, das zu sehen. Aber die Fenster blieben fest verschlossen, wie sehr auch das Kind drehte und zog und von unten suchte, die kleinen Finger unter die Rahmen einzutreiben, damit es Kraft hätte, sie aufzudrücken; es blieb alles eisenfest aufeinander sitzen. Nach langer Zeit, als Heidi einsah, dass alle Anstrengungen nichts halfen, gab es seinen Plan auf und überdachte nun, wie es wäre, wenn es vor das Haus hinausginge und hintenherum, bis es auf den Grasboden käme, denn es erinnerte sich, dass es gestern Abend vorn am Haus nur über Steine gekommen war. Jetzt klopfte es an seiner Tür und unmittelbar darauf steckte Tinette den Kopf herein und sagte kurz: „Frühstück bereit!"

Heidi verstand keineswegs eine Einladung unter diesen Worten; auf dem spöttischen Gesicht der Tinette stand viel mehr eine Warnung, ihr nicht zu nah zu kommen, als eine freundliche Einladung geschrieben, und das las Heidi deutlich von dem Gesicht und richtete sich danach. Es nahm den kleinen Schemel unter dem Tisch empor, stellte ihn in eine Ecke, setzte sich darauf und wartete so ganz still ab, was nun kommen würde. Nach einiger Zeit kam etwas mit ziemlichem Geräusch, es war Fräulein Rottenmeier, die schon wieder in Aufregung geraten war und in Heidis Stube hineinrief: „Was ist mit dir, Adelheid? Begreifst du nicht, was ein Frühstück ist? Komm herüber!"

Das verstand nun Heidi und folgte sogleich nach. Im Esszimmer saß Klara schon lang an ihrem Platz und begrüßte Heidi freundlich, machte auch ein viel vergnügteres Gesicht als sonst gewöhnlich, denn sie sah voraus, dass heute wieder allerlei Neues geschehen würde. Das Frühstück ging nun ohne Störung vor sich; Heidi aß ganz anständig sein Butterbrot, und wie alles zu Ende war, wurde Klara wieder ins Studierzimmer hinübergerollt und Heidi wurde von Fräulein Rottenmeier angewiesen, nachzufolgen und bei Klara zu bleiben, bis der Herr Kandidat kommen würde, um die Unterrichtsstunden zu beginnen. Als die beiden Kinder allein waren, sagte Heidi sogleich: „Wie kann man hinaussehen hier und ganz hinunter auf den Boden?"

„Man macht ein Fenster auf und guckt hinaus“, antwortete Klara belustigt.

„Man kann diese Fenster nicht aufmachen“, versetzte Heidi traurig.

„Doch, doch“, versicherte Klara, „nur du noch nicht, und ich kann dir auch nicht helfen; aber wenn du einmal den Sebastian siehst, so macht er dir schon eines auf.“

Das war eine große Erleichterung für Heidi zu wissen, dass man doch die Fenster öffnen und hinausschauen könne, denn noch war es ganz unter dem Druck des Gefangenseins von seinem Zimmer her. Klara fing nun an, Heidi zu fragen, wie es bei ihm zu Hause sei, und Heidi erzählte mit Freuden von der Alm und den Geißen und der Weide und allem, was ihm lieb war.

Unterdessen war der Herr Kandidat angekommen; aber Fräulein Rottenmeier führte ihn nicht, wie gewöhnlich, ins Studierzimmer, denn sie musste sich erst aussprechen und geleitete ihn zu diesem Zweck ins Esszimmer, wo sie sich vor ihn hinsetzte und ihm in großer Aufregung ihre bedrängte Lage schilderte und wie sie in diese hineingekommen war.

Sie hatte nämlich vor einiger Zeit Herrn Sesemann nach Paris geschrieben, wo er eben verweilte, seine Tochter habe längst gewünscht, es möchte eine Gespielin für sie ins Haus aufgenommen werden, und auch sie selbst glaube, dass eine solche in den Unterrichtsstunden ein Sporn, in der übrigen Zeit eine anregende Gesellschaft für Klara sein würde. Eigentlich war die Sache für Fräulein Rottenmeier selbst sehr wünschbar, denn sie wollte gern, dass jemand da sei, der ihr die Unterhaltung der kranken Klara abnehme, wenn es ihr zu viel war, was öfters geschah. Herr Sesemann hatte geantwortet, er erfülle gern den Wunsch seiner Tochter, doch mit der Bedingung, dass eine solche Gespielin in allem ganz gehalten werde wie jene, er wolle keine Kinderquälerei in seinem Hause – „was freilich eine sehr unnütze Bemerkung von dem Herrn war“, setzte Fräulein Rottenmeier hinzu, „denn wer wollte Kinder quälen!“ Nun aber erzählte sie weiter, wie ganz erschrecklich sie hineingefallen sei mit dem Kinde, und führte alle Beispiele von seinem völlig begriffslosen Dasein an, die es bis jetzt geliefert hatte, dass nicht nur der Unterricht des Herrn Kandidaten buchstäblich beim Abc anfangen müsse, sondern dass auch sie auf jedem Punkte der menschlichen Erziehung mit dem Uranfang zu beginnen hätte. Aus dieser unheilvollen Lage sehe sie nur ein Rettungsmittel: Wenn der Herr Kandidat erklären werde, zwei so verschiedene Wesen könnten nicht miteinander unterrichtet werden ohne großen Schaden des vorgerückteren Teiles; das wäre für Herrn Sesemann ein triftiger Grund, die Sache rückgängig zu machen, und so würde er zugeben, dass das Kind gleich wieder dahin zurückgeschickt würde, woher es gekommen war; ohne seine Zustimmung aber dürfte sie das nicht unternehmen, nun der Hausherr wisse, dass das Kind angekommen sei. Aber der Herr Kandidat war behutsam und niemals einseitig im Urteilen. Er tröstete Fräulein Rottenmeier mit vielen Worten und der Ansicht, wenn die junge Tochter auf der einen Seite so zurück sei, so möchte sie auf der anderen umso geförderter sein, was bei einem geregelten Unterricht bald ins Gleichgewicht kommen werde. Als Fräulein Rottenmeier sah, dass der Herr Kandidat sie nicht unterstützen, sondern seinen Abc-Unterricht übernehmen wollte, machte sie ihm die Tür zum Studierzimmer auf, und nachdem er hereingetreten war, schloss sie schnell hinter ihm zu und blieb auf der anderen Seite, denn vor dem Abc hatte sie einen Schrecken. Sie ging jetzt mit großen Schritten im Zimmer auf und nieder, denn sie hatte zu überlegen, wie die Dienstboten Adelheid zu benennen hätten. Herr Sesemann hatte ja geschrieben, sie müsste wie seine Tochter gehalten werden, und dieses Wort musste sich hauptsächlich auf das Verhältnis zu den Dienstboten beziehen, dachte Fräulein Rottenmeier. Sie konnte aber nicht lange ungestört überlegen, denn auf einmal ertönte drinnen im Studierzimmer ein erschreckliches Gekrache fallender Gegenstände und dann ein Hilferuf nach Sebastian. Sie stürzte hinein. Da lag auf dem Boden alles übereinander, die sämtlichen Studien-Hilfsmittel, Bücher, Hefte, Tintenfass und obendrauf der Tischteppich, unter dem ein schwarzes Tintenbächlein hervorfloss, die ganze Stube entlang. Heidi war verschwunden.

„Da haben wir's", rief Fräulein Rottenmeier händeringend aus. „Teppich, Bücher, Arbeitskorb, alles in der Tinte! Das ist noch nie geschehen! Das ist das Unglückswesen, da ist kein Zweifel!"

Der Herr Kandidat stand sehr erschrocken da und schaute auf die Verwüstung, die allerdings nur *eine* Seite hatte und eine recht bestürzende. Klara dagegen verfolgte mit vergnügtem Gesicht die ungewöhnlichen Ereignisse und deren Wirkungen und sagte nun erklärend: „Ja, Heidi hat's gemacht, aber nicht mit Absicht, es muss gewiss nicht gestraft werden, es war nur so schrecklich eilig, fortzukommen, und riss den Teppich mit, und so fiel alles hintereinander auf den Boden. Es fuhren viele Wagen hintereinander vorbei, darum ist es so fortgeschossen; es hat vielleicht noch nie eine Kutsche gesehen."

„Da, ist's nicht, wie ich sagte, Herr Kandidat? Nicht *einen* Urbegriff hat das Wesen! Keine Ahnung davon, was eine Unterrichtsstunde ist, dass man dabei zuzuhören und still zu sitzen hat. Aber wo ist das Unheil bringende Ding hin? Wenn es fortgelaufen wäre! Was würde mir Herr Sesemann –"

Fräulein Rottenmeier lief hinaus und die Treppe hinunter. Hier, unter der geöffneten Haustür, stand Heidi und guckte ganz verblüfft die Straße auf und ab.

„Was ist denn? Was fällt dir denn ein? Wie kannst du so davonlaufen!", fuhr Fräulein Rottenmeier das Kind an.

„Ich habe die Tannen rauschen gehört, aber ich weiß nicht, wo sie stehen, und höre sie nicht mehr", antwortete Heidi und schaute enttäuscht nach der Seite hin, wo das Rollen der Wagen verhallt war, das in Heidis Ohren dem Tosen des Föhns in den Tannen ähnlich geklungen hatte, so dass es in höchster Freude dem Ton nachgerannt war.

„Tannen! Sind wir im Wald? Was sind das für Einfälle! Komm herauf und sieh, was du angerichtet hast!" Damit stieg Fräulein Rottenmeier wieder die Treppe hinan; Heidi folgte ihr und stand nun sehr verwundert vor der großen Verheerung, denn es hatte nicht gemerkt, was es alles mitriss vor Freude und Eile, die Tannen zu hören.

„Das hast du einmal getan, ein zweites Mal tust du's nicht wieder“, sagte Fräulein Rottenmeier, auf den Boden zeigend; „zum Lernen sitzt man still auf seinem Sessel und gibt Acht. Kannst du das nicht selbst fertig bringen, so muss ich dich an deinen Stuhl festbinden. Kannst du das verstehen?“

„Ja“, entgegnete Heidi, „aber ich will schon festsitzen.“ Denn jetzt hatte es begriffen, dass es eine Regel ist, in einer Unterrichtsstunde still zu sitzen.

Jetzt mussten Sebastian und Tinette hereinkommen, um die Ordnung wiederherzustellen. Der Herr Kandidat entfernte sich, denn der weitere Unterricht musste nun aufgegeben werden. Zum Gähnen war heute gar keine Zeit gewesen.

Am Nachmittag musste Klara immer eine Zeit lang ruhen und Heidi hatte alsdann seine Beschäftigung selbst zu wählen; so hatte Fräulein Rottenmeier ihm am Morgen erklärt. Als nun nach Tisch Klara sich in ihrem Sessel zur Ruhe gelegt hatte, ging Fräulein Rottenmeier nach ihrem Zimmer, und Heidi sah, dass nun die Zeit da war, da es seine Beschäftigung selbst wählen konnte. Das war dem Heidi sehr erwünscht, denn es hatte schon immer im Sinn, etwas zu unternehmen; es musste aber Hilfe dazu haben und stellte sich darum vor das Esszimmer mitten auf den Korridor, damit die Persönlichkeit, die es zu beraten gedachte, ihm nicht entgehen könne. Richtig, nach kurzer Zeit kam Sebastian die Treppe herauf mit dem großen Teebrett auf den Armen, denn er brachte das Silberzeug aus der Küche herauf, um es im Schrank des Esszimmers zu verwahren. Als er auf der letzten Stufe der Treppe angekommen war, trat Heidi vor ihn hin und sagte mit großer Deutlichkeit: „Sie oder Er!“

Sebastian riss die Augen so weit auf, als es nur möglich war, und sagte ziemlich barsch: „Was soll das heißen, Mamsell?“

„Ich möchte nur gern etwas fragen, aber es ist gewiss nichts Böses wie heute Morgen“, fügte Heidi beschwichtigend hinzu, denn es merkte, dass Sebastian ein wenig erbittert war, und dachte, es komme noch von der Tinte am Boden her.

„So, und warum muss es denn heißen Sie oder Er, das möcht ich zuerst wissen“, gab Sebastian im gleichen barschen Ton zurück.

„Ja, so muss ich jetzt immer sagen“, versicherte Heidi; „Fräulein Rottenmeier hat es befohlen.“

Jetzt lachte Sebastian so laut auf, dass Heidi ihn ganz verwundert ansehen musste, denn es hatte nichts Lustiges bemerkt; aber Sebastian hatte auf einmal begriffen, was Fräulein Rottenmeier befohlen hatte, und sagte nun sehr erlustigt: „Schon recht, so fahre die Mamsell nur zu.“

„Ich heiße gar nicht Mamsell“, sagte nun Heidi seinerseits ein wenig geärgert; „ich heiße Heidi.“

„Ist schon recht; die gleiche Dame hat aber befohlen, dass ich Mamsell sage“, erklärte Sebastian.

„Hat sie? Ja, dann muss ich schon so heißen“, sagte Heidi mit Ergebung, denn es hatte wohl gemerkt, dass alles so geschehen musste, wie Fräulein Rottenmeier befahl.

„Jetzt habe ich schon drei Namen“, setzte es mit einem Seufzer hinzu.

„Was wollte die kleine Mamsell denn fragen?“, fragte Sebastian jetzt, indem er, ins Esszimmer eingetreten, sein Silberzeug im Schrank zurechtlegte.

„Wie kann man ein Fenster aufmachen, Sebastian?“

„So, gerade so“, und er machte den großen Fensterflügel auf.

Heidi trat heran, aber es war zu klein, um etwas sehen zu können; es langte nur bis zum Gesims hinauf.

„Da, so kann das Mamsellchen einmal hinausgucken und sehen, was unten ist“, sagte Sebastian, indem er einen hohen hölzernen Schemel herbeigeholt hatte und hinstellte. Hoch erfreut stieg Heidi hinauf und konnte endlich den ersehnten Blick durch das Fenster tun. Aber mit dem Ausdruck der größten Enttäuschung zog es sogleich den Kopf wieder zurück.

„Man sieht nur die steinerne Straße hier, sonst gar nichts“, sagte das Kind bedauerlich; „aber wenn man um das ganze Haus herumgeht, was sieht man dann auf der anderen Seite, Sebastian?“

„Gerade dasselbe“, gab dieser zur Antwort.

„Aber wohin kann man denn gehen, dass man weit, weit hinuntersehen kann über das ganze Tal hinab?“

„Da muss man auf einen hohen Turm hinaufsteigen, einen Kirchturm, so einen, wie der dort ist mit der goldenen Kugel oben drauf. Da guckt man von oben herunter und sieht weit über alles weg.“

Jetzt stieg Heidi eilig von seinem Schemel herunter, rannte zur Tür hinaus, die Treppe hinunter und trat auf die Straße hinaus. Aber die Sache ging nicht, wie Heidi sich vorgestellt hatte. Als es aus dem Fenster den Turm gesehen hatte, kam es ihm vor, es könne nur über die Straße gehen, so müsste er gleich vor ihm stehen. Nun ging Heidi die ganze Straße hinunter, aber es kam nicht an den Turm, konnte ihn auch nirgends mehr entdecken und kam nun in eine andere Straße hinein und weiter und weiter, aber immer noch sah es den Turm nicht. Es gingen viele Leute an ihm vorbei, aber die waren alle so eilig, dass Heidi dachte, sie hätten nicht Zeit, ihm Bescheid zu geben. Jetzt sah es an der nächsten Straßenecke einen Jungen stehen, der eine kleine Drehorgel auf dem Rücken und ein ganz kurioses Tier auf dem Arme trug. Heidi lief zu ihm hin und fragte: „Wo ist der Turm mit der goldenen Kugel zuoberst?“

„Weiß nicht“, war die Antwort.

„Wen kann ich denn fragen, wo er sei?“, fragte Heidi weiter.

„Weiß nicht.“

„Weißt du keine andere Kirche mit einem hohen Turm?“

„Freilich weiß ich eine.“

„So komm und zeige mir sie.“

„Zeig du zuerst, was du mir dafür gibst.“ Der Junge hielt seine Hand hin. Heidi suchte in seiner Tasche herum. Jetzt zog es ein Bildchen hervor, darauf ein schönes Kränzchen von roten Rosen gemalt war; erst sah es noch eine kleine Weile darauf hin, denn es reute Heidi ein wenig. Erst heute Morgen hatte Klara es ihm geschenkt; aber hinuntersehen ins Tal, über die grünen Abhänge! „Da“, sagte Heidi und hielt das Bildchen hin, „willst du das?“

Der Junge zog die Hand zurück und schüttelte den Kopf.

„Was willst du denn?“, fragte Heidi und steckte vergnügt sein Bildchen wieder ein.

„Geld.“

„Ich habe keins, aber Klara hat, sie gibt mir dann schon; wie viel willst du?“

„Zwanzig Pfennige.“

„So komm jetzt.“

Nun wanderten die beiden eine lange Straße hin, und auf dem Wege fragte Heidi den Begleiter, was er auf dem Rücken trage, und er erklärte ihm, es sei eine schöne Orgel unter dem Tuch, die mache eine prachtvolle Musik, wenn er daran drehe.

Auf einmal standen sie vor einer alten Kirche mit hohem Turm; der Junge stand still und sagte: „Da.“

„Aber wie komm ich da hinein?“, fragte Heidi, als es die fest verschlossenen Türen sah.

„Weiß nicht“, war wieder die Antwort.

„Glaubst du, man könne hier klingeln, so wie man dem Sebastian tut?“

„Weiß nicht.“

Heidi hatte eine Klingel entdeckt an der Mauer und zog jetzt aus allen Kräften daran.

„Wenn ich dann hinaufgehe, so musst du warten hier unten, ich weiß jetzt den Weg nicht mehr zurück, du musst mir ihn dann zeigen.“

„Was gibst du mir dann?“

„Was muss ich dir dann wieder geben?“

„Wieder zwanzig Pfennige.“

Jetzt wurde das alte Schloss inwendig umgedreht und die knarrende Tür geöffnet; ein alter Mann trat heraus und schaute erst verwundert, dann ziemlich erzürnt auf die Kinder und fuhr sie an: „Was untersteht ihr euch, mich da herunterzuklingeln? Könnt ihr nicht lesen, was über der Klingel steht: „Für solche, die den Turm besteigen wollen“?“

Der Junge wies mit dem Zeigefinger auf Heidi und sagte kein Wort. Heidi antwortete: „Eben auf den Turm wollt ich.“

„Was hast du droben zu tun?“, fragte der Türmer; „hat dich jemand geschickt?“

„Nein“, entgegnete Heidi, „ich möchte nur hinaufgehen, dass ich hinuntersehen kann.“

„Macht, dass ihr heimkommt, und probiert den Spaß nicht wieder, oder ihr kommt nicht gut weg zum zweiten Mal!“ Damit kehrte sich der Türmer um und wollte die Tür zumachen.

Aber Heidi hielt ihn ein wenig am Rockschoß und sagte bittend: „Nur ein einziges Mal!“

Er sah sich um, und Heidis Augen schauten so flehentlich zu ihm auf, dass es ihn ganz umstimmte; er nahm das Kind bei der Hand und sagte freundlich: „Wenn dir so viel daran gelegen ist, so komm mit mir!“

Der Junge setzte sich auf die steinernen Stufen vor der Tür nieder und zeigte, dass er nicht mitwollte.

Heidi stieg an der Hand des Türmers viele, viele Treppen hinauf; dann wurden diese immer schmäler, und endlich ging es noch ein ganz enges Treppchen hinauf, und nun waren sie oben. Der Türmer hob Heidi vom Boden auf und hielt es an das offene Fenster.

„Da, jetzt guck hinunter“, sagte er.

Heidi sah auf ein Meer von Dächern, Türmen und Schornsteinen nieder; es zog bald seinen Kopf zurück und sagte niedergeschlagen: „Es ist gar nicht, wie ich gemeint habe."

„Siehst du wohl? Was versteht so ein Kleines von Aussicht! So, komm nun wieder herunter und läute nie mehr an einem Turm!"

Der Türmer stellte Heidi wieder auf den Boden und stieg ihm voran die schmalen Stufen hinab. Wo diese breiter wurden, kam links die Tür, die in des Türmers Stübchen führte, und nebenan ging der Boden bis unter das schräge Dach hin. Dort hinten stand ein großer Korb und davor saß eine dicke graue Katze und knurrte, denn in dem Korb wohnte ihre Familie und sie wollte jeden Vorübergehenden davor warnen, sich in ihre Familienangelegenheiten zu mischen. Heidi stand still und schaute verwundert hinüber, eine so mächtige Katze hatte es noch nie gesehen; in dem alten Turm wohnten aber ganze Herden von Mäusen, so holte sich die Katze ohne Mühe jeden Tag ein halbes Dutzend Mäusebraten. Der Türmer sah Heidis Bewunderung und sagte: „Komm, sie tut dir nichts, wenn ich dabei bin; du kannst die Jungen ansehen."

Heidi trat an den Korb heran und brach in ein großes Entzücken aus.

„Oh, die netten Tierlein! Die schönen Kätzchen!", rief es ein Mal ums andere und sprang hin und her um den Korb herum, um auch recht alle komischen Gebärden und Sprünge zu sehen, welche die sieben oder acht jungen Kätzchen vollführten, die in dem Korb rastlos übereinanderhin krabbelten, sprangen, fielen.

„Willst du eins haben?", fragte der Türmer, der Heidis Freudensprüngen vergnügt zuschaute.

„Selbst für mich? Für immer?", fragte Heidi gespannt und konnte das große Glück fast nicht glauben.

„Ja, gewiss, du kannst auch noch mehr haben, du kannst sie alle zusammen haben, wenn du Platz hast", sagte der Mann, dem es gerade recht war, seine kleinen Katzen loszuwerden, ohne dass er ihnen ein Leid antun musste.

Heidi war im höchsten Glück. In dem großen Hause hatten ja die Kätzchen so viel Platz, und wie musste Klara erstaunt und erfreut sein, wenn die niedlichen Tierchen ankamen!

„Aber wie kann ich sie mitnehmen?", fragte nun Heidi und wollte schnell einige fangen mit seinen Händen, aber die dicke Katze sprang ihm auf den Arm und fauchte es so grimmig an, dass es sehr erschrocken zurückfuhr.

„Ich will sie dir bringen, sag nur, wohin", sagte der Türmer, der die alte Katze nun streichelte, um sie wieder gut zu machen, denn sie war seine Freundin und hatte schon viele Jahre mit ihm auf dem Turm gelebt.

„Zum Herrn Sesemann in dem großen Haus, wo an der Haustür ein goldener Hundskopf ist mit einem dicken Ring im Maul", erklärte Heidi.

Es hätte nicht einmal so viel gebraucht für den Türmer, der schon seit langen Jahren auf dem Turm saß und jedes Haus weithin kannte, und dazu war der Sebastian noch ein alter Bekannter von ihm.

„Ich weiß schon", bemerkte er; „aber wem muss ich die Dinger bringen, bei wem muss ich nachfragen, du gehörst doch nicht Herrn Sesemann?"

„Nein, aber die Klara, sie hat eine so große Freude, wenn die Kätzchen kommen!"

Der Türmer wollte nun weitergehen, aber Heidi konnte sich von dem unterhaltenden Schauspiel fast nicht trennen.

„Wenn ich nur schon eins oder zwei mitnehmen könnte! Eins für mich und eins für Klara, kann ich nicht?"

„So wart ein wenig", sagte der Türmer, trug dann die alte Katze behutsam in sein Stübchen hinein und stellte sie an das Essschüsselchen hin, schloss die Tür vor ihr zu und kam zurück: „So, nun nimm zwei!"

Heidis Augen leuchteten vor Wonne. Es las ein weißes und dann ein gelb und weiß gestreiftes aus und steckte eins in die rechte und eins in die linke Tasche. Nun ging's die Treppe hinunter.

Der Junge saß noch auf den Stufen draußen, und als nun der Türmer hinter Heidi die Tür zugeschlossen hatte, sagte das Kind: „Welchen Weg müssen wir nun zu Herrn Sesemanns Haus?“

„Weiß nicht“, war die Antwort.

Heidi fing nun an zu beschreiben, was es wusste, die Haustür und die Fenster und die Treppen, aber der Junge schüttelte zu allem den Kopf, es war ihm alles unbekannt.

„Siehst du“, fuhr dann Heidi im Beschreiben fort, „aus einem Fenster sieht man ein großes, großes, graues Haus und das Dach geht so“ – Heidi zeichnete hier mit dem Zeigefinger große Zacken in die Luft hinaus.

Jetzt sprang der Junge auf, er mochte ähnliche Merkmale haben, seine Wege zu finden. Er lief nun in einem Zug drauflos und Heidi hinter ihm drein, und in kurzer Zeit standen sie richtig vor der Haustür mit dem großen Messing-Tierkopf. Heidi zog die Glocke. Bald erschien Sebastian, und wie er Heidi erblickte, rief er drängend: „Schnell! Schnell!“

Heidi sprang eilig herein, und Sebastian schlug die Tür zu; den Jungen, der verblüfft draußen stand, hatte er gar nicht bemerkt.

„Schnell, Mamsellchen“, drängte Sebastian weiter, „gleich ins Esszimmer hinein, sie sitzen schon am Tisch. Fräulein Rottenmeier sieht aus wie eine geladene Kanone; was stellt aber auch die kleine Mamsell an, so fortzulaufen?“

Heidi war ins Zimmer getreten. Fräulein Rottenmeier blickte nicht auf; Klara sagte auch nichts, es war eine etwas unheimliche Stille. Sebastian rückte Heidi den Sessel zurecht. Jetzt, wie es auf seinem Stuhl saß, begann Fräulein Rottenmeier mit strengem Gesicht und einem ganz feierlich-ernsten Ton: „Adelheid, ich werde nachher mit dir sprechen, jetzt nur so viel: Du hast dich sehr ungezogen, wirklich strafbar benommen, dass du das Haus verlässt, ohne zu fragen, ohne dass jemand ein Wort davon wusste, und herumstreichst bis zum späten Abend; es ist eine völlig beispiellose Aufführung.“

„Miau“, tönte es wie als Antwort zurück.

Aber jetzt stieg der Zorn der Dame. „Wie, Adelheid“, rief sie in immer höheren Tönen, „du unterstehst dich noch, nach aller Ungezogenheit einen schlechten Spaß zu machen? Hüte dich wohl, sag ich dir!“

„Ich mache“ , fing Heidi an – „Miau! Miau!“

Sebastian warf fast seine Schüssel auf den Tisch und stürzte hinaus.

„Es ist genug“, wollte Fräulein Rottenmeier rufen; aber vor Aufregung tönte ihre Stimme gar nicht mehr. „Steh auf und verlass das Zimmer.“

Heidi stand erschrocken von seinem Sessel auf und wollte noch einmal erklären: „Ich mache gewiss“ – „Miau! Miau! Miau!“

„Aber Heidi“, sagte jetzt Klara, „wenn du doch siehst, dass du Fräulein Rottenmeier so böse machst, warum machst du immer wieder „miau“?“

„Ich mache nicht, die Kätzlein machen“, konnte Heidi endlich ungestört hervorbringen.

„Wie? Was? Katzen? junge Katzen?“, schrie Fräulein Rottenmeier auf. „Sebastian! Tinette! Sucht die greulichen Tiere! Schafft sie fort!“ Damit stürzte die Dame ins Studierzimmer hinein und riegelte die Türen zu, um sicherer zu sein, denn junge Katzen waren für Fräulein Rottenmeier das Schrecklichste in der Schöpfung. Sebastian stand draußen vor der Tür und musste erst fertig lachen, eh er wieder eintreten konnte. Er hatte, als er Heidi bediente, einen kleinen Katzenkopf aus dessen Tasche herausgucken gesehen und sah dem Spektakel entgegen, und wie er nun ausbrach, konnte er sich nicht mehr halten, kaum noch seine Schüssel auf den Tisch setzen. Endlich trat er denn wieder gefasst ins Zimmer herein, nachdem die Hilferufe der geängsteten Dame schon längere Zeit verklungen waren. Jetzt sah es ganz still und friedlich aus drinnen; Klara hielt die Kätzchen auf ihrem Schoß, Heidi kniete neben ihr und beide spielten mit großer Wonne mit den zwei winzigen, graziösen Tierchen.

„Sebastian“, sagte Klara zu dem Eintretenden, „Sie müssen uns helfen; Sie müssen ein Nest finden für die Kätzchen, wo Fräulein Rottenmeier sie nicht sieht, denn sie fürchtet sich vor ihnen und will sie forthaben; aber wir wollen die niedlichen Tierchen behalten und sie immer hervorholen, sobald wir allein sind. Wo kann man sie hintun?“

„Das will ich schon besorgen, Fräulein Klara“, entgegnete Sebastian bereitwillig; „ich mache ein schönes Bettchen in einem Korb und stelle den an einen Ort, wo mir die furchtsame Dame nicht dahinter kommt, verlassen Sie sich auf mich.“ Sebastian ging gleich an die Arbeit und kicherte beständig vor sich hin, denn er dachte: „Das wird noch was absetzen!“, und der Sebastian sah es nicht ungern, wenn Fräulein Rottenmeier ein wenig in Aufregung geriet.

Nach längerer Zeit erst, als der Augenblick des Schlafengehens nahte, machte Fräulein Rottenmeier ein ganz klein wenig die Tür auf und rief durch das Spältchen heraus: „Sind die abscheulichen Tiere fortgeschafft?“

„Jawohl! Jawohl!“, gab Sebastian zurück, der sich im Zimmer zu schaffen gemacht hatte in Erwartung dieser Frage. Schnell und leise fasste er die beiden Kätzchen auf Klaras Schoß und verschwand damit.

Die besondere Strafrede, die Fräulein Rottenmeier Heidi noch zu halten gedachte, verschob sie auf den folgenden Tag, denn heute fühlte sie sich zu erschöpft nach all den vorhergegangenen Gemütsbewegungen von Ärger, Zorn und Schrecken, die ihr Heidi ganz unwissentlich nacheinander verursacht hatte. Sie zog sich schweigend zurück, und Klara und Heidi folgten vergnügt nach, denn sie wussten ihre Kätzchen in einem guten Bett.

Im Hause Sesemann geht's unruhig zu

Als Sebastian am folgenden Morgen dem Herrn Kandidaten die Haustür geöffnet und ihn zum Studierzimmer geführt hatte, zog schon wieder jemand die Hausglocke an, aber mit solcher Gewalt, dass Sebastian die Treppe völlig hinunterschoss, denn er dachte: „So schellt nur der Herr Sesemann selbst, er muss unerwartet nach Hause gekommen sein.“ Er riss die Tür auf – ein zerlumpter Junge mit einer Drehorgel auf dem Rücken stand vor ihm.

„Was soll das heißen?“, fuhr ihn Sebastian an. „Ich will dich lehren, Glocken herunterzureißen! Was hast du hier zu tun?“

„Ich muss zur Klara“, war die Antwort.

„Du ungewaschener Straßenkäfer du; kannst du nicht sagen „Fräulein Klara“, wie unsereins tut? Was hast du bei Fräulein Klara zu tun?“, fragte Sebastian barsch.

„Sie ist mir vierzig Pfennige schuldig“, erklärte der Junge.

„Du bist, denk ich, nicht recht im Kopf! Wie weißt du überhaupt, dass ein Fräulein Klara hier ist?“

„Gestern habe ich ihr den Weg gezeigt, macht zwanzig, und dann wieder zurück den Weg gezeigt, macht vierzig.“

„Da siehst du, was für Zeug du zusammenflunkerst; Fräulein Klara geht niemals aus, kann gar nicht gehen, mach, dass du dahin kommst, wo du hingehörst, bevor ich dir dazu verhelfe!“

Aber der Junge ließ sich nicht einschüchtern; er blieb unbeweglich stehen und sagte trocken: „Ich habe sie doch gesehen auf der Straße, ich kann sie beschreiben: Sie hat kurzes, krauses Haar, das ist schwarz, und die Augen sind schwarz und der Rock ist braun, und sie kann nicht reden wie wir.“

„Oho“ , dachte jetzt Sebastian und kicherte in sich hinein, „das ist die kleine Mamsell, die hat wieder etwas angestellt.“ Dann sagte er, den Jungen hereinziehend: „'s ist schon recht, komm mir nur nach und warte vor der Tür, bis ich wieder herauskomme. Wenn ich dich dann einlasse, kannst du gleich etwas spielen; das Fräulein hört es gern.“

Oben klopfte er am Studierzimmer und wurde hereingerufen.

„Es ist ein Junge da, der durchaus an Fräulein Klara selbst etwas zu bestellen hat“, berichtete Sebastian.

Klara war sehr erfreut über das außergewöhnliche Ereignis.

„Er soll nur gleich hereinkommen“, sagte sie, „nicht wahr, Herr Kandidat, wenn er doch mit mir selbst sprechen muss.“

Der Junge war schon eingetreten, und nach Anweisung fing er sofort seine Orgel zu drehen an. Fräulein Rottenmeier hatte, um dem Abc auszuweichen, sich im Esszimmer allerlei zu schaffen gemacht. Auf einmal horchte sie auf. – Kamen die Töne von der Straße her? Aber so nahe? Wie konnte vom Studierzimmer her eine Drehorgel ertönen? Und dennoch – wahrhaftig – sie stürzte durch das lange Esszimmer und riss die Tür auf. Da – unglaublich – da stand mitten im Studierzimmer ein zerlumpter Orgelspieler und drehte sein Instrument mit größter Emsigkeit. Der Herr Kandidat schien immerfort etwas sagen zu wollen, aber es wurde nichts vernommen. Klara und Heidi hörten mit ganz erfreuten Gesichtern der Musik zu.

„Aufhören! Sofort aufhören!“, rief Fräulein Rottenmeier ins Zimmer hinein. Ihre Stimme wurde übertönt von der Musik. Jetzt lief sie auf den Jungen zu – aber auf einmal hatte sie etwas zwischen den Füßen, sie sah auf den Boden: ein grausiges, schwarzes Tier kroch ihr zwischen den Füßen durch – eine Schildkröte. Jetzt tat Fräulein Rottenmeier einen Sprung in die Höhe, wie sie seit vielen Jahren keinen getan hatte, dann schrie sie aus Leibeskräften: „Sebastian! Sebastian!“

Plötzlich hielt der Orgelspieler inne, denn diesmal hatte die Stimme die Musik übertönt. Sebastian stand draußen vor der halb offenen Tür und krümmte sich vor Lachen, denn er hatte zugesehen, wie der Sprung vor sich ging. Endlich kam er herein. Fräulein Rottenmeier war auf einen Stuhl niedergesunken.

„Fort mit allem, Mensch und Tier! Schaffen Sie sie weg, Sebastian, sofort!“, rief sie ihm entgegen. Sebastian gehorchte bereitwillig, zog den Jungen hinaus, der schnell seine Schildkröte erfasst hatte, drückte ihm draußen etwas in die Hand und sagte: „Vierzig für Fräulein Klara, und vierzig fürs Spielen, das hast du gut gemacht“; damit schloss er hinter ihm die Haustür. Im Studierzimmer war es wieder ruhig geworden; die Studien wurden wieder fortgesetzt, und Fräulein Rottenmeier hatte sich nun auch festgesetzt in dem Zimmer, um durch ihre Gegenwart ähnliche Gräuel zu verhüten. Den Vorfall wollte sie nach den Unterrichtsstunden untersuchen und den Schuldigen so bestrafen, dass er daran denken würde.

Schon wieder klopfte es an die Tür, und herein trat abermals Sebastian mit der Nachricht, es sei ein großer Korb gebracht worden, der sogleich an Fräulein Klara selbst abzugeben sei.

„An mich?“, fragte Klara erstaunt und äußerst neugierig, was das sein möchte; „zeigen Sie doch gleich einmal her, wie er aussieht.“

Sebastian brachte einen bedeckten Korb herein und entfernte sich dann eilig wieder.

„Ich denke, erst wird der Unterricht beendet, dann der Korb ausgepackt“, bemerkte Fräulein Rottenmeier.

Klara konnte sich nicht vorstellen, was man ihr gebracht hatte; sie schaute sehr verlangend nach dem Korb.

„Herr Kandidat“, sagte sie, sich selbst in ihrem Deklinieren unterbrechend, „könnte ich nicht nur einmal schnell hineinsehen, um zu wissen, was drin ist, und dann gleich wieder fortfahren?“

„In einer Hinsicht könnte man dafür, in einer anderen dawider sein“, entgegnete der Herr Kandidat; „ *dafür* spräche der Grund, dass, wenn nun Ihre ganze Aufmerksamkeit auf diesen Gegenstand gerichtet ist –“; die Rede konnte nicht beendigt werden. Der Deckel des Korbes saß nur lose darauf, und nun sprangen mit einem Mal ein, zwei drei und wieder zwei und immer noch mehr junge Kätzchen darunter hervor und ins Zimmer hinaus, und mit einer so unbegreiflichen Schnelligkeit fuhren sie überall herum, dass es war, als wäre das ganze Zimmer voll solcher Tierchen. Sie sprangen über die Stiefel des Herrn Kandidaten, bissen an seinen Beinkleidern, kletterten am Kleid von Fräulein Rottenmeier empor, krabbelten um ihre Füße herum, sprangen an Klaras Sessel hinauf, kratzten, krabbelten, miauten; es war ein arges Gewirre. Klara rief immerfort voller Entzücken: „Oh, die niedlichen Tierchen! Die lustigen Sprünge! Sieh! Sieh! Heidi, hier, dort, sieh dieses!“ Heidi schoss ihnen vor Freude in alle Winkel nach. Der Herr Kandidat stand sehr verlegen am

Tisch und zog bald den einen, bald den andern Fuß in die Höhe, um ihn dem unheimlichen Gekrabbel zu entziehen. Fräulein Rottenmeier saß erst sprachlos vor Entsetzen in ihrem Sessel, dann fing sie an aus Leibeskräften zu schreien: „Tinette! Tinette! Sebastian! Sebastian!", denn vom Sessel aufzustehen konnte sie unmöglich wagen, da konnten ja mit einem Mal alle die kleinen Scheusale an ihr emporspringen.

Endlich kamen Sebastian und Tinette auf die wiederholten Hilferufe herbei, und jener packte gleich eins nach dem andern der kleinen Geschöpfe in den Korb hinein und trug sie auf den Estrich zu dem Katzenlager, das er für die zwei von gestern bereitet hatte.

Auch am heutigen Tage hatte kein Gähnen während der Unterrichtsstunden stattgefunden. Am späten Abend, als Fräulein Rottenmeier sich von den Aufregungen des Morgens wieder hinlänglich erholt hatte, berief sie Sebastian und Tinette ins Studierzimmer herauf, um hier eine gründliche Untersuchung über die strafwürdigen Vorgänge anzustellen. Nun kam es denn heraus, dass Heidi auf seinem gestrigen Ausflug die sämtlichen Ereignisse vorbereitet und herbeigeführt hatte. Fräulein Rottenmeier saß weiß vor Entrüstung da und konnte erst keine Worte für ihre Empfindungen finden. Sie winkte mit der Hand, dass Sebastian und Tinette sich entfernen sollten. Jetzt wandte sie sich an Heidi, das neben Klaras Sessel stand und nicht recht begriff, was es verbrochen hatte.

„Adelheid", begann sie mit strengem Ton, „ich weiß nur *eine* Strafe, die dir empfindlich sein könnte, denn du bist eine Barbarin; aber wir wollen sehen, ob du unten im dunklen Keller bei Molchen und Ratten nicht zahm wirst, dass du dir keine solchen Dinge mehr einfallen lässt."

Heidi hörte still und verwundert sein Urteil an, denn in einem schreckhaften Keller war es noch nie gewesen, der anstoßende Raum in der Almhütte, den der Großvater Keller nannte, wo immer die fertigen Käse lagen und die frische Milch stand, war eher ein anmutiger und einladender Ort, und Ratten und Molche hatte es noch keine gesehen.

Aber Klara erhob einen lauten Jammer: „Nein, nein, Fräulein Rottenmeier, man muss warten, bis der Papa da ist; er hat ja geschrieben, er komme nun bald, und dann will ich ihm alles erzählen, und er sagt dann schon, was mit Heidi geschehen soll.“

Gegen diesen Oberrichter durfte Fräulein Rottenmeier nichts einwenden, umso weniger, da er wirklich in Bälde zu erwarten war. Sie stand auf und sagte etwas grimmig: „Gut, Klara, aber auch ich werde ein Wort mit Herrn Sesemann sprechen.“ Damit verließ sie das Zimmer.

Es verflossen nun ein paar ungestörte Tage, aber Fräulein Rottenmeier kam nicht mehr aus der Aufregung heraus, stündlich trat ihr die Täuschung vor Augen, die sie in Heidis Persönlichkeit erlebt hatte, und es war ihr, als sei seit seiner Erscheinung im Hause Sesemann alles aus den Fugen gekommen und komme nicht wieder hinein. Klara war sehr vergnügt; sie langweilte sich nie mehr, denn in den Unterrichtsstunden machte Heidi die kurzweiligsten Sachen; die Buchstaben machte es immer alle durcheinander und konnte sie nie kennen lernen, und wenn der Herr Kandidat mitten im Erklären und Beschreiben ihrer Formen war, um sie ihm anschaulicher zu machen und als Vergleichung etwa von einem Hörnchen oder einem Schnabel sprach dabei, rief es auf einmal in aller Freude aus: „Es ist eine Geiß!“, oder: „Es ist ein Raubvogel!“ Denn die Beschreibungen weckten in seinem Gehirn allerlei Vorstellungen, nur keine Buchstaben. In den späteren Nachmittagsstunden saß Heidi wieder bei Klara und erzählte ihr immer wieder von der Alm und dem Leben dort, so viel und so lange, bis das Verlangen darnach in ihm so brennend wurde, dass es immer zum Schluss versicherte: „Nun muss ich gewiss wieder heim! Morgen muss ich gewiss gehen!“ Aber Klara beschwichtigte immer wieder diese Anfälle und bewies Heidi, dass es doch sicher dableiben müsse, bis der Papa komme; dann werde man schon sehen, wie es weitergehe. Wenn Heidi alsdann immer wieder nachgab und gleich wieder zufrieden war, so half ihm eine fröhliche Aussicht dazu, die es im Stillen hatte, dass mit jedem Tage, den es noch dablieb, sein Häuflein Brötchen für die Großmutter wieder um zwei größer würde, denn mittags und abends lag immer ein schönes Weißbrötchen bei seinem Teller; das steckte es gleich ein, denn es hätte das Brötchen nie essen können beim Gedanken, dass die Großmutter nie eines habe und das harte, schwarze Brot fast nicht mehr essen konnte. Nach Tisch saß Heidi jeden Tag ein paar Stunden lang ganz allein in seinem Zimmer und regte sich nicht, denn dass es in Frankfurt verboten war, nur so hinauszulaufen, wie es auf der Alm getan, das hatte es nun begriffen und tat es nie mehr. Mit Sebastian drüben im Esszimmer ein Gespräch führen durfte es auch nicht, das hatte Fräulein Rottenmeier auch verboten, und mit Tinette eine Unterhaltung zu probieren, daran kam ihm kein Sinn; es ging ihr immer scheu aus dem Wege, denn sie redete nur in höhnischem Ton mit ihm und spöttelte es fortwährend an, und Heidi verstand ihre Art ganz gut, und dass sie es nur immer ausspottete. So saß Heidi täglich da und hatte alle Zeit, sich auszudenken, wie nun die Alm wieder grün war und wie die gelben Blümchen im Sonnenschein glitzerten und wie alles leuchtete rings um die Sonne, der Schnee und die Berge und das ganze weite Tal, und Heidi konnte es manchmal fast nicht mehr aushalten vor Verlangen, wieder dort zu sein. Die Base hatte ja auch gesagt, es könne wieder heimgehen, wann es wolle. So kam es, dass Heidi eines Tages es nicht mehr aushielt; es packte in aller Eile seine Brötchen in das große rote Halstuch zusammen, setzte sein Strohhütchen auf und zog aus. Aber schon unter der Haustür traf es auf ein großes Reisehindernis, auf Fräulein Rottenmeier selbst, die eben von einem Ausgang zurückkehrte. Sie stand still und schaute in starrem Erstaunen Heidi von oben bis unten an, und ihr Blick blieb vorzüglich auf dem gefüllten roten Halstuch haften. Jetzt brach sie los.

„Was ist das für ein Aufzug? Was heißt das überhaupt? Habe ich dir nicht streng verboten, je wieder herumzustreichen? Nun probierst du's doch wieder und dazu noch völlig aussehend wie eine Landstreicherin."

„Ich wollte nicht herumstreichen, ich wollte nur heimgehen", entgegnete Heidi erschrocken.

„Wie? Was? Heimgehen? Heimgehen wolltest du?" Fräulein Rottenmeier schlug die Hände zusammen vor Aufregung. „Fortlaufen! Wenn das Herr Sesemann wüsste! Fortlaufen aus seinem Hause! Mach nicht, dass er das je erfährt! Und was ist dir denn nicht recht in seinem Hause? Wirst du nicht viel besser behandelt, als du verdienst? Fehlt es dir an irgendetwas? Hast du je in deinem ganzen Leben eine Wohnung oder einen Tisch oder eine Bedienung gehabt, wie du hier hast? Sag!"

„Nein" , entgegnete Heidi.

„Das weiß ich wohl!", fuhr die Dame eifrig fort. „Nichts fehlt dir, gar nichts, du bist ein ganz unglaublich undankbares Kind, und vor lauter Wohlsein weißt du nicht, was du noch alles anstellen willst!"

Aber jetzt kam dem Heidi alles obenauf, was in ihm war, und brach hervor: „Ich will ja nur heim, und wenn ich so lang nicht komme, so muss das Schneehöppli immer klagen, und die Großmutter erwartet mich, und der Distelfink bekommt die Rute, wenn der Geißenpeter keinen Käse bekommt, und hier kann man gar nie sehen, wie die Sonne gute Nacht sagt zu den Bergen; und wenn der Raubvogel in Frankfurt obenüber fliegen würde, so würde er noch viel lauter krächzen, dass so viele Menschen beieinander sitzen und einander bös machen und nicht auf den Felsen gehen, wo es einem wohl ist."

„Barmherzigkeit, das Kind ist übergeschnappt!", rief Fräulein Rottenmeier aus und stürzte mit Schrecken die Treppe hinauf, wo sie sehr unsanft gegen den Sebastian rannte, der eben hinunter wollte. „Holen Sie auf der Stelle das unglückliche Wesen herauf!", rief sie ihm zu, indem sie sich den Kopf rieb, denn sie war hart angestoßen.

„Ja, ja, schon recht, danke schön", gab Sebastian zurück und rieb sich den seinen, denn er war noch härter angefahren.

Heidi stand mit flammenden Augen noch auf derselben Stelle fest und zitterte vor innerer Erregung am ganzen Körper.

„Na, schon wieder was angestellt?", fragte Sebastian lustig; als er aber Heidi, das sich nicht rührte, recht ansah, klopfte er ihm freundlich auf die Schulter und sagte tröstend: „Pah! Pah! Das muss sich das Mamsellchen nicht so zu Herzen nehmen, nur lustig, das ist die Hauptsache! Sie hat mir eben jetzt auch fast ein Loch in den Kopf gerannt; aber nur nicht einschüchtern lassen! Na? Immer noch auf demselben Fleck? Wir müssen hinauf, sie hat's befohlen.“

Heidi ging nun die Treppe hinauf, aber langsam und leise und gar nicht, wie sonst seine Art war. Das tat dem Sebastian Leid zu sehen; er ging hinter dem Heidi her und sprach ermutigende Worte zu ihm: „Nur nicht abgeben! Nur nicht traurig werden! Nur immer tapfer darauf zu! Wir haben ja ein ganz vernünftiges Mamsellchen, hat noch gar nie geweint, seit es bei uns ist; sonst weinen sie ja zwölfmal im Tag in dem Alter, das kennt man. Die Kätzchen sind auch lustig droben, die springen auf dem ganzen Estrich herum und tun wie närrisch. Nachher gehen wir mal zusammen hinauf und schauen ihnen zu, wenn die Dame drinnen weg ist, ja?“

Heidi nickte ein wenig mit dem Kopf, aber so freudlos, dass es dem Sebastian recht zu Herzen ging und er ganz teilnehmend dem Heidi nachschaute, wie es nach seinem Zimmer hin schlich.

Am Abendessen heute sagte Fräulein Rottenmeier kein Wort, aber fortwährend warf sie sonderbar wachsame Blicke zu Heidi hinüber, so als erwartete sie, es könnte plötzlich etwas Unerhörtes unternehmen; aber Heidi saß mäuschenstill am Tisch und rührte sich nicht, es aß nicht und trank nicht; nur sein Brötchen hatte es schnell in die Tasche gesteckt.

Am folgenden Morgen, als der Herr Kandidat die Treppe heraufkam, winkte ihn Fräulein Rottenmeier geheimnisvoll ins Esszimmer herein, und hier teilte sie ihm in großer Aufregung ihre Besorgnis mit, die Luftveränderung, die neue Lebensart und die ungewohnten Eindrücke hätten das Kind um den Verstand gebracht, und sie erzählte ihm von Heidis Fluchtversuch und wiederholte ihm von seinen sonderbaren Reden, was sie noch wusste. Aber der Herr Kandidat besänftigte und beruhigte Fräulein Rottenmeier, indem er sie versicherte, dass er die Wahrnehmung gemacht habe, die Adelheid sei zwar einerseits allerdings eher exzentrisch, aber anderseits doch wieder bei richtigem Verstand, so dass sich nach und nach bei einer allseitig erwogenen Behandlung das nötige Gleichgewicht einstellen könne, was er im Auge habe; er finde den

Umstand wichtiger, dass er durchaus nicht über das Abc hinauskomme mit ihr, indem sie die Buchstaben nicht zu fassen imstande sei.

Fräulein Rottenmeier fühlte sich beruhigter und entließ den Herrn Kandidaten zu seiner Arbeit. Am späteren Nachmittag stieg ihr die Erinnerung an Heidis Aufzug bei seiner vorgehabten Abreise auf, und sie beschloss, die Gewandung des Kindes durch verschiedene Kleidungsstücke der Klara in den nötigen Stand zu setzen, bevor Herr Sesemann erscheinen würde. Sie teilte ihre Gedanken darüber an Klara mit, und da diese mit allem einverstanden war und dem Heidi eine Menge Kleider und Tücher und Hüte schenken wollte, verfügte sich die Dame in Heidis Zimmer, um seinen Kleiderschrank zu besehen und zu untersuchen, was da von dem Vorhandenen bleiben und was entfernt werden solle. Aber in wenig Minuten kam sie wieder zurück mit Gebärden des Abscheus. „Was muss ich entdecken, Adelheid!“, rief sie aus. „Es ist nie dagewesen! In deinem Kleiderschrank, einem Schrank für Kleider, Adelheid, im Fuß dieses Schrankes, was finde ich? Einen Haufen kleiner Brote! Brot, sage ich, Klara, im Kleiderschrank! Und einen solchen Haufen aufspeichern!“ – „Tinette“, rief sie jetzt ins Esszimmer hinaus, „schaffen Sie mir das alte Brot fort aus dem Schrank der Adelheid und den zerdrückten Strohhut auf dem Tisch!“

„Nein! Nein!“, schrie Heidi auf; „ich muss den Hut haben, und die Brötchen sind für die Großmutter“, und Heidi wollte der Tinette nachstürzen, aber es wurde von Fräulein Rottenmeier festgehalten.

„Du bleibst hier und der Kram wird hingebracht, wo er hingehört“, sagte sie bestimmt und hielt das Kind zurück. Aber nun warf sich Heidi an Klaras Sessel nieder und fing ganz verzweiflungsvoll zu weinen an, immer lauter und schmerzlicher, und schluchzte ein Mal ums andere in seinem Jammer auf: „Nun hat die Großmutter keine Brötchen mehr. Sie waren für die Großmutter, nun sind sie alle fort und die Großmutter bekommt keine!“, und Heidi weinte auf, als wollte ihm das Herz zerspringen. Fräulein Rottenmeier lief hinaus. Klara wurde es angst und bange bei dem Jammer. „Heidi, Heidi, weine nur nicht so“, sagte sie bittend, „hör mich nur! Jammere nur nicht so, sieh, ich verspreche dir, ich gebe dir gerade so viel Brötchen für die Großmutter, oder noch mehr, wenn du einmal heimgehst, und dann sind diese frisch und weich, und die deinen wären ja ganz hart geworden und waren es schon. Komm, Heidi, weine nur nicht mehr so!"

Heidi konnte noch lange nicht aus seinem Schluchzen herauskommen; aber es verstand Klaras Trost und hielt sich daran, sonst hätte es gar nicht mehr zu weinen aufhören können. Es musste auch noch mehrere Male seiner Hoffnung gewiss werden und Klara, durch die letzten Anfälle von Schluchzen unterbrochen, fragen: „Gibst du mir so viele, viele, wie ich hatte, für die Großmutter?"

Und Klara versicherte immer wieder: „Gewiss, ganz gewiss, noch mehr, sei nur wieder froh!"

Noch zum Abendtisch kam Heidi mit den rot verweinten Augen, und als es sein Brötchen erblickte, musste es gleich noch einmal aufschluchzen. Aber es bezwang sich jetzt mit Gewalt, denn es verstand, dass es sich am Tisch ruhig verhalten musste. Sebastian machte heute jedes Mal die merkwürdigsten Gebärden, wenn er in Heidis Nähe kam; er deutete bald auf seinen, bald auf Heidis Kopf, dann nickte er wieder und kniff die Augen zu, so als wollte er sagen: „Nur getrost! Ich hab's schon gemerkt und besorgt."

Als Heidi später in sein Zimmer kam und in sein Bett steigen wollte, lag sein zerdrücktes Strohhütchen unter der Decke versteckt. Mit Entzücken zog es den alten Hut hervor, zerdrückte ihn vor lauter Freude noch ein wenig mehr und versteckte ihn dann, in ein Taschentüchlein eingewickelt, in die allerhinterste Ecke seines Schrankes. Das Hütchen hatte der Sebastian unter die Decke gesteckt; er war zu gleicher Zeit mit Tinette im Esszimmer gewesen, als diese gerufen wurde, und hatte Heidis Jammerruf vernommen. Dann war er Tinette nachgegangen, und als sie aus Heidis Zimmer heraustrat mit ihrer Brotlast und dem Hütchen oben darauf, hatte er schnell dieses weggenommen und ihr zugerufen: „Das will ich schon forttun." Darauf hatte er es in aller Freude für Heidi gerettet, was er ihm beim Abendessen zur Erheiterung andeuten wollte.

Der Hausherr hört allerlei in seinem Hause, das er noch nicht gehört hat

Einige Tage nach diesen Ereignissen war im Hause Sesemann große Lebendigkeit und ein eifriges Treppauf- und Treppabrennen, denn eben war der Hausherr von seiner Reise zurückgekehrt, und aus dem bepackten Wagen wurde von Sebastian und Tinette eine Last nach der anderen hinaufgetragen, denn Herr Sesemann brachte immer eine Menge schöner Sachen mit nach Hause.

Er selbst war vor allem in das Zimmer seiner Tochter eingetreten, um sie zu begrüßen. Heidi saß bei ihr, denn es war die Zeit des späten Nachmittags, da die beiden immer zusammen waren. Klara begrüßte ihren Vater mit großer Zärtlichkeit, denn sie liebte ihn sehr, und der gute Papa grüßte sein Klärchen nicht weniger liebevoll. Dann streckte er seine Hand dem Heidi entgegen, das sich leise in eine Ecke zurückgezogen hatte, und sagte freundlich: „Und das ist unsre kleine Schweizerin; komm her, gib mir mal eine Hand! So ist's recht! Nun sag mir mal, seid ihr auch gute Freunde zusammen, Klara und du? Nicht zanken und böse werden, und dann weinen und dann versöhnen, und dann wieder von vorn anfangen, nun?“

„Nein, Klara ist immer gut mit mir“, entgegnete Heidi.

„Und Heidi hat auch noch gar nie versucht zu zanken, Papa“, warf Klara schnell ein.

„So ist's gut, das hör ich gern“, sagte der Papa, indem er aufstand. „Nun musst du aber erlauben, Klärchen, dass ich etwas genieße; heute habe ich noch nichts bekommen. Nachher komm ich wieder zu dir und du sollst sehen, was ich mitgebracht habe!“

Herr Sesemann trat ins Esszimmer ein, wo Fräulein Rottenmeier den Tisch überschaute, der für sein Mittagsmahl gerüstet war. Nachdem Herr Sesemann sich niedergelassen und die Dame ihm gegenüber Platz genommen hatte und aussah wie ein lebendiges Missgeschick, wandte sich der Hausherr zu ihr: „Aber Fräulein Rottenmeier, was muss ich denken? Sie haben zu meinem Empfang ein wahrhaft erschreckendes Gesicht aufgesetzt. Wo fehlt es denn? Klärchen ist ganz munter."

„Herr Sesemann", begann die Dame mit gewichtigem Ernst, „Klara ist mit betroffen, wir sind fürchterlich getäuscht worden."

„Wieso?", fragte Herr Sesemann und trank in aller Ruhe einen Schluck Wein.

„Wir hatten ja beschlossen, wie Sie wissen, Herr Sesemann, eine Gespielin für Klara ins Haus zu nehmen, und da ich ja weiß, wie sehr Sie darauf halten, dass nur Gutes und Edles Ihre Tochter umgebe, hatte ich meinen Sinn auf ein junges Schweizermädchen gerichtet, indem ich hoffte, eines jener Wesen bei uns eintreten zu sehen, von denen ich schon so oft gelesen, welche, der reinen Bergluft entsprossen, sozusagen, ohne die Erde zu berühren, durch das Leben gehen."

„Ich glaube zwar", bemerkte hier Herr Sesemann, „dass auch die Schweizerkinder den Erdboden berühren, wenn sie vorwärts kommen wollen; sonst wären ihnen wohl Flügel gewachsen statt der Füße."

„Ach, Herr Sesemann, Sie verstehen mich wohl", fuhr das Fräulein fort; „Ich meinte eine jener so bekannten, in den hohen, reinen Bergregionen lebenden Gestalten, die nur wie ein idealer Hauch an uns vorüberziehen."

„Was sollte aber meine Klara mit einem idealen Hauch anfangen, Fräulein Rottenmeier?"

„Nein, Herr Sesemann, ich scherze nicht, die Sache ist mir ernster, als Sie denken; ich bin schrecklich, wirklich ganz schrecklich getäuscht worden."

„Aber worin liegt denn das Schreckliche? So gar erschrecklich sieht mir das Kind nicht aus", bemerkte ruhig Herr Sesemann.

„Sie sollten nur *eines* wissen, Herr Sesemann, nur das *eine*, mit was für Menschen und Tieren dieses Wesen Ihr Haus in Ihrer Abwesenheit bevölkert hat; davon könnte der Herr Kandidat erzählen."

„Mit Tieren? Wie muss ich das verstehen, Fräulein Rottenmeier?"

„Es ist eben nicht zu verstehen; die ganze Aufführung dieses Wesens wäre nicht zu verstehen, wenn nicht aus dem *einen* Punkte, dass es Anfälle von völliger Verstandesgestörtheit hat."

Bis hierher hatte Herr Sesemann die Sache nicht für wichtig gehalten; aber Gestörtheit des Verstandes? Eine solche konnte ja für seine Tochter die bedenklichsten Folgen haben. Herr Sesemann schaute Fräulein Rottenmeier sehr genau an, so, als wollte er sich erst versichern, ob nicht etwa bei ihr eine derartige Störung zu bemerken sei. In diesem Augenblick wurde die Tür aufgetan und der Herr Kandidat angemeldet.

„Ah, da kommt unser Herr Kandidat, der wird uns Aufschluss geben!", rief ihm Herr Sesemann entgegen. „Kommen Sie, kommen Sie, setzen Sie sich zu mir!" Herr Sesemann streckte dem Eintretenden die Hand entgegen. „Der Herr Kandidat trinkt eine Tasse schwarzen Kaffee mit mir, Fräulein Rottenmeier! Setzen Sie sich, setzen Sie sich – keine Komplimente! Und nun sagen Sie mir, Herr Kandidat, was ist mit dem Kinde, das als Gespielin meiner Tochter ins Haus gekommen ist und das Sie unterrichten. Was hat es für eine Bewandtnis mit den Tieren, die es ins Haus gebracht, und wie steht es mit seinem Verstand?"

Der Herr Kandidat musste erst seine Freude über Herrn Sesemanns glückliche Rückkehr aussprechen und ihn willkommen heißen, weswegen er ja gekommen war; aber Herr Sesemann drängte ihn, dass er ihm Aufschluss gebe über die fraglichen Punkte. So begann denn der Herr Kandidat: „Wenn ich mich über das Wesen dieses jungen Mädchens aussprechen soll, Herr Sesemann, so möchte ich vor allem darauf aufmerksam machen, dass, wenn auch auf der einen Seite sich ein Mangel der Entwicklung, welcher durch eine mehr oder weniger vernachlässigte Erziehung, oder besser gesagt, etwas verspäteten Unterricht verursacht und durch die mehr oder weniger, jedoch durchaus nicht in jeder Beziehung zu verurteilende, im Gegenteil ihre guten Seiten unstreitig dartuende Abgeschiedenheit eines längeren Alpenaufenthalts, welcher, wenn er nicht eine gewisse Dauer überschreitet, ja ohne Zweifel seine gute Seite –"

„Mein lieber Herr Kandidat“, unterbrach hier Herr Sesemann, „Sie geben sich wirklich zu viel Mühe; sagen Sie mir, hat auch Ihnen das Kind einen Schrecken beigebracht durch eingeschleppte Tiere, und was halten Sie überhaupt von diesem Umgang für mein Töchterchen?“

„Ich möchte dem jungen Mädchen in keiner Art zu nahe treten“, begann der Herr Kandidat wieder, „denn wenn es auch auf der einen Seite in einer Art von gesellschaftlicher Unerfahrenheit, welche mit dem mehr oder weniger unkultivierten Leben, in welchem das junge Mädchen bis zu dem Augenblick seiner Versetzung nach Frankfurt sich bewegte, welche Versetzung allerdings in die Entwicklung dieses, ich möchte sagen noch völlig, wenigstens teilweise unentwickelten, aber anderseits mit nicht zu verachtenden Anlagen begabten und wenn allseitig umsichtig geleitet –“

„Entschuldigen Sie, Herr Kandidat, bitte, lassen Sie sich nicht stören, ich werde – ich muss schnell einmal nach meiner Tochter sehen.“ Damit lief Herr Sesemann zur Tür hinaus und kam nicht wieder. Drüben im Studierzimmer setzte er sich zu seinem Töchterchen hin; Heidi war aufgestanden. Herr Sesemann wandte sich nach dem Kinde um: „Hör mal, Kleine, hol mir doch schnell – wart einmal – hol mir mal“ – (Herr Sesemann wusste nicht recht, was er bedurfte, Heidi sollte aber ein wenig ausgeschickt werden) – „hol mir doch mal ein Glas Wasser.“

„Frisches?“, fragte Heidi.

„Jawohl! Jawohl! Recht frisches!“, gab Herr Sesemann zurück. Heidi verschwand.

„Nun, mein liebes Klärchen“, sagte der Papa, indem er ganz nah an sein Töchterchen heranrückte und dessen Hand in die seinige legte, „sag du mir klar und fasslich: Was für Tiere hat diese deine Gespielin ins Haus gebracht und warum muss Fräulein Rottenmeier denken, sie sei zeitweise nicht ganz recht im Kopf; kannst du mir das sagen?“

Das konnte Klara, denn die erschrockene Dame hatte auch ihr von Heidis sich verwirrenden Reden gesprochen, die aber für Klara alle einen Sinn hatten. Sie erzählte erst dem Vater die Geschichten von der Schildkröte und den jungen Katzen und erklärte ihm dann Heidis Reden, welche die Dame so erschreckt hatten. Jetzt lachte Herr Sesemann herzlich. „So willst du nicht, dass ich das Kind nach Haus schicke, Klärchen, du bist seiner nicht müde?“, fragte der Vater.

„Nein, nein, Papa, tu nur das nicht!“, rief Klara abwehrend aus. „Seit Heidi da ist, begegnet immer etwas, jeden Tag, und es ist so kurzweilig, ganz anders als vorher, da begegnete nie etwas, und Heidi erzählt mir auch so viel.“

„Schon gut, schon gut, Klärchen, da kommt ja auch deine Freundin schon wieder. Na, schönes, frisches Wasser geholt?“, fragte Herr Sesemann, da ihm Heidi nun ein Glas Wasser hinstreckte.

„Ja, frisch vom Brunnen“, antwortete Heidi.

„Du bist doch nicht selbst zum Brunnen gelaufen, Heidi?“, sagte Klara.

„Doch gewiss, es ist ganz frisch, aber ich musste weit gehen, denn am ersten Brunnen waren so viele Leute. Da ging ich die Straße ganz hinab, aber beim zweiten waren wieder so viele Leute; da ging ich in die andere Straße hinein und dort nahm ich Wasser, und der Herr mit den weißen Haaren lässt Herrn Sesemann freundlich grüßen.“

„Na, die Expedition ist gut“, lachte Herr Sesemann, „und wer ist denn der Herr?“

„Er kam beim Brunnen vorbei und dann stand er still und sagte: „Weil du doch ein Glas hast, so gib mir auch einmal zu trinken; wem bringst du dein Glas Wasser?“ Und ich sagte: „Herrn Sesemann.“ Da lachte er sehr stark, und dann sagte er den Gruß und auch noch, Herr Sesemann solle sich's schmecken lassen.“

„So, und wer lässt mir denn wohl den guten Wunsch sagen? Wie sah der Herr denn weiter aus?“, fragte Herr Sesemann.

„Er lacht freundlich und hat eine dicke goldene Kette und ein goldenes Ding hängt daran mit einem großen roten Stein und auf seinem Stock ist ein Rosskopf.“

„Das ist der Herr Doktor“ – „Das ist mein alter Doktor“, sagten Klara und ihr Vater wie aus einem Munde, und Herr Sesemann lachte noch ein wenig in sich hinein im Gedanken an seinen Freund und dessen Betrachtungen über diese neue Weise, seinen Wasserbedarf sich zuführen zu lassen.

Noch an demselben Abend erklärte Herr Sesemann, als er allein mit Fräulein Rottenmeier im Esszimmer saß, um allerlei häusliche Angelegenheiten mit ihr zu besprechen, die Gespielin seiner Tochter werde im Hause bleiben; er finde, das Kind sei in einem normalen Zustand, und seine Gesellschaft sei seiner Tochter sehr lieb und angenehmer als jede andere. „Ich wünsche daher“, setzte Herr Sesemann sehr bestimmt hinzu, „dass dieses Kind jederzeit durchaus freundlich behandelt und seine Eigentümlichkeiten nicht als Vergehen betrachtet werden. Sollten Sie übrigens mit dem Kinde nicht allein fertig werden, Fräulein Rottenmeier, so ist ja eine gute Hilfe für Sie in Aussicht, da in nächster Zeit meine Mutter zu ihrem längeren Aufenthalt in mein Haus kommt, und meine Mutter wird mit jedem Menschen fertig, wie er sich auch anstelle, das wissen Sie ja wohl, Fräulein Rottenmeier?“

„Jawohl, das weiß ich, Herr Sesemann“, entgegnete die Dame, aber nicht mit dem Ausdruck der Erleichterung im Hinblick auf die angezeigte Hilfe. –

Herr Sesemann hatte diesmal nur eine kurze Zeit Ruhe zu Hause, schon nach vierzehn Tagen riefen ihn seine Geschäfte wieder nach Paris, und er tröstete sein Töchterchen, das mit der nahen Abreise nicht einverstanden war, mit der Aussicht auf die baldige Ankunft der Großmama, die schon nach einigen Tagen erwartet werden konnte.

Kaum war auch Herr Sesemann abgereist, als schon der Brief anlangte, der die Abreise der Frau Sesemann aus Holstein, wo sie auf einem alten Gute wohnte, anzeigte und die bestimmte Zeit ihrer Ankunft auf den folgenden Tag meldete, damit der Wagen nach dem Bahnhof geschickt würde, um sie abzuholen.

Klara war voller Freude über die Nachricht und erzählte noch an demselben Abend dem Heidi so viel und so lange von der Großmama, dass Heidi auch anfing, von der „Großmama" zu reden, worauf Fräulein Rottenmeier Heidi mit Missbilligung anblickte, was aber das Kind auf nichts Besonderes bezog, denn es fühlte sich unter fortdauernder Missbilligung der Dame. Als es sich dann später entfernte, um in sein Schlafzimmer zu gehen, berief Fräulein Rottenmeier es erst in das ihrige herein und erklärte ihm hier, es habe niemals den Namen „Großmama" anzuwenden, sondern wenn Frau Sesemann nun da sei, habe es sie stets „gnädige Frau" anzureden. „Verstehst du das?", fragte die Dame, als Heidi sie etwas zweifelhaft ansah; sie gab ihm aber einen so abschließenden Blick zurück, dass Heidi sich keine Erklärung mehr erbat, obschon es den Titel nicht verstanden hatte.

Eine Großmama

Am folgenden Abend waren große Erwartungen und lebhafte Vorbereitungen im Hause Sesemann sichtbar, man konnte deutlich bemerken, dass die erwartete Dame ein bedeutendes Wort im Hause mitzusprechen hatte und dass jedermann großen Respekt vor ihr empfand. Tinette hatte ein ganz neues, weißes Deckelchen auf den Kopf gesetzt, und Sebastian raffte eine Menge von Schemeln zusammen und stellte sie an alle passenden Stellen hin, damit die Dame gleich einen Schemel unter den Füßen finde, wohin sie sich auch setzen möge. Fräulein Rottenmeier ging zur Musterung der Dinge sehr aufrecht durch die Zimmer, so wie um anzudeuten, dass, wenn auch eine zweite Herrschermacht herannahe, die ihrige dennoch nicht am Erlöschen sei.

Jetzt rollte der Wagen vor das Haus, und Sebastian und Tinette stürzten die Treppe hinunter; langsam und würdevoll folgte Fräulein Rottenmeier nach, denn sie wusste, dass auch sie zum Empfang der Frau Sesemann zu erscheinen hatte. Heidi war beordert worden, sich in sein Zimmer zurückzuziehen und da zu warten, bis es gerufen würde, denn die Großmutter würde zuerst bei Klara eintreten und diese wohl allein sehen wollen. Heidi setzte sich in einen Winkel und repetierte seine Anrede. Es währte gar nicht lange, so steckte die Tinette den Kopf ein klein wenig unter Heidis Zimmertür und sagte kurz angebunden wie immer: „Hinübergehen ins Studierzimmer!“

Heidi hatte Fräulein Rottenmeier nicht fragen dürfen, wie es mit der Anrede sei, aber es dachte, die Dame habe sich nur versprochen, denn es hatte bis jetzt immer erst den Titel nennen gehört und nachher den Namen; so hatte es sich nun die Sache zurechtgelegt. Wie es die Tür zum Studierzimmer aufmachte, rief ihm die Großmutter mit freundlicher Stimme entgegen: „Ah, da kommt ja das Kind! Komm mal her zu mir und lass dich recht ansehen.“

Heidi trat heran, und mit seiner klaren Stimme sagte es sehr deutlich: „Guten Tag, Frau Gnädige.“

„Warum nicht gar!“, lachte die Großmama. „Sagt man so bei euch? Hast du das daheim auf der Alp gehört?“

„Nein, bei uns heißt niemand so“, erklärte Heidi ernsthaft.

„So, bei uns auch nicht“, lachte die Großmama wieder und klopfte Heidi freundlich auf die Wange. „Das ist nichts! In der Kinderstube bin ich die Großmama; so sollst du mich nennen, das kannst du wohl behalten, wie?“

„Ja, das kann ich gut“, versicherte Heidi, „vorher hab ich schon immer so gesagt.“

„So, so, verstehe schon!“, sagte die Großmama und nickte ganz lustig mit dem Kopfe. Dann schaute sie Heidi genau an und nickte von Zeit zu Zeit wieder mit dem Kopf, und Heidi guckte ihr auch ganz ernsthaft in die Augen, denn da kam etwas so Herzliches heraus, dass es dem Heidi ganz wohl machte, und die ganze Großmama gefiel dem Heidi so, dass es sie unverwandt anschauen musste. Sie hatte so schöne weiße Haare, und um den Kopf ging eine schöne Spitzenkrause, und zwei breite Bänder flatterten von der Haube weg und bewegten sich immer irgendwie, so als ob stets ein leichter Wind um die Großmama wehe, was das Heidi ganz besonders anmutete.

„Und wie heißt du, Kind?“, fragte jetzt die Großmama.

„Ich heiße nur Heidi; aber weil ich soll Adelheid heißen, so will ich schon Acht geben –“; Heidi stockte, denn es fühlte sich ein wenig schuldig, da es noch immer keine Antwort gab, wenn Fräulein Rottenmeier unversehens rief: „Adelheid!“, indem es ihm noch immer nicht recht gegenwärtig war, dass dies sein Name sei, und Fräulein Rottenmeier war eben ins Zimmer getreten.

„Frau Sesemann wird unstreitig billigen“, fiel hier die eben Eingetretene ein, „dass ich einen Namen wählen musste, den man doch aussprechen kann, ohne sich selbst genieren zu müssen, schon um der Dienstboten willen.“

„Werteste Rottenmeier“, entgegnete Frau Sesemann, „wenn ein Mensch einmal „Heidi“ heißt und an den Namen gewöhnt ist, so nenn ich ihn so, und dabei bleibt's!“

Es war Fräulein Rottenmeier sehr genierlich, dass die alte Dame sie beständig nur bei ihrem Namen nannte, ohne weitere Titulatur; aber da war nichts zu machen; die Großmama hatte einmal ihre eigenen Wege, und diese ging sie, da half kein Mittel dagegen. Auch ihre fünf Sinne hatte die Großmama noch ganz scharf und gesund, und sie bemerkte, was im Hause vorging, sobald sie es betreten hatte.

Als am Tage nach ihrer Ankunft Klara sich zur gewohnten Zeit nach Tisch niederlegte, setzte die Großmama sich neben sie auf einen Lehnstuhl und schloss ihre Augen für einige Minuten; dann stand sie schon wieder auf – denn sie war gleich wieder munter – und trat ins Esszimmer hinaus; da war niemand. „Die schläft“, sagte sie vor sich hin, ging dann nach dem Zimmer der Dame Rottenmeier und klopfte kräftig an die Tür. Nach einiger Zeit erschien diese und fuhr erschrocken ein wenig zurück bei dem unerwarteten Besuch.

„Wo hält sich das Kind auf um diese Zeit, und was tut es? Das wollte ich wissen“, sagte Frau Sesemann.

„In seinem Zimmer sitzt es, wo es sich nützlich beschäftigen könnte, wenn es den leisesten Tätigkeitstrieb hätte; aber Frau Sesemann sollte nur wissen, was für verkehrtes Zeug sich dieses Wesen oft ausdenkt und wirklich ausführt, Dinge, die ich in gebildeter Gesellschaft kaum erzählen könnte."

„Das würde ich gerade auch tun, wenn ich so da drinnen säße wie dieses Kind, das kann ich Ihnen sagen, und Sie könnten zusehen, wie Sie mein Zeug in gebildeter Gesellschaft erzählen wollten! Jetzt holen Sie mir das Kind heraus und bringen Sie mir's in meine Stube, ich will ihm einige hübsche Bücher geben, die ich mitgebracht habe."

„Das ist ja gerade das Unglück, das ist es ja eben!", rief Fräulein Rottenmeier aus und schlug die Hände zusammen. „Was sollte das Kind mit Büchern tun? In all dieser Zeit hat es noch nicht einmal das Abc erlernt; es ist völlig unmöglich, diesem Wesen auch nur *einen* Begriff beizubringen, davon kann der Herr Kandidat reden! Wenn dieser treffliche Mensch nicht die Geduld eines himmlischen Engels besäße, er hätte diesen Unterricht längst aufgegeben."

„So, das ist merkwürdig, das Kind sieht nicht aus wie eines, das das Abc nicht erlernen kann", sagte Frau Sesemann. „Jetzt holen Sie mir's herüber, es kann vorläufig die Bilder in den Büchern ansehen."

Fräulein Rottenmeier wollte noch einiges bemerken, aber Frau Sesemann hatte sich schon umgewandt und ging rasch ihrem Zimmer zu. Sie musste sich sehr verwundern über die Nachricht von Heidis Beschränktheit und gedachte, die Sache zu untersuchen, jedoch nicht mit dem Herrn Kandidaten, den sie zwar um seines guten Charakters willen sehr schätzte; sie grüßte ihn auch immer, wenn sie mit ihm zusammentraf, überaus freundlich, lief dann aber sehr schnell auf eine andere Seite, um nicht in ein Gespräch mit ihm verwickelt zu werden, denn seine Ausdrucksweise war ihr ein wenig beschwerlich.

Heidi erschien im Zimmer der Großmama und machte die Augen weit auf, als es die prächtigen bunten Bilder in den großen Büchern sah, welche die Großmama mitgebracht hatte. Auf einmal schrie Heidi laut auf, als die

Großmama wieder ein Blatt umgewandt hatte; mit glühendem Blick schaute es auf die Figuren, dann stürzten ihm plötzlich die hellen Tränen aus den Augen, und es fing gewaltig zu schluchzen an. Die Großmama schaute das Bild an. Es war eine schöne, grüne Weide, wo allerlei Tierlein herumweideten und an den grünen Gebüschen nagten. In der Mitte stand der Hirt, auf einen langen Stab gestützt, der schaute den fröhlichen Tierchen zu. Alles war wie in Goldschimmer gemalt, denn hinten am Horizont war eben die Sonne im Untergehen.

Die Großmama nahm Heidi bei der Hand. „Komm, komm, Kind", sagte sie in freundlichster Weise, „nicht weinen, nicht weinen. Das hat dich wohl an etwas erinnert; aber sieh, da ist auch eine schöne Geschichte dazu, die erzähl ich heut Abend. Und da sind noch so viele schöne Geschichten in dem Buch, die kann man alle lesen und wieder erzählen. Komm, nun müssen wir etwas besprechen zusammen, trockne schön deine Tränen, so, und nun stell dich hier vor mich hin, dass ich dich recht ansehen kann; so ist's recht, nun sind wir wieder fröhlich."

Aber noch verging einige Zeit, bevor Heidi zu schluchzen aufhören konnte. Die Großmama ließ ihm auch eine gute Weile zur Erholung, nur sagte sie von Zeit zu Zeit ermunternd: „So, nun ist's gut, nun sind wir wieder froh zusammen."

Als sie endlich das Kind beruhigt sah, sagte sie: „Nun musst du mir was erzählen, Kind! Wie geht es denn beim Herrn Kandidaten in den Unterrichtsstunden, lernst du auch gut und kannst du was?"

„O nein", antwortete Heidi seufzend; „aber ich wusste schon, dass man es nicht lernen kann."

„Was kann man denn nicht lernen, Heidi, was meinst du?"

„Lesen kann man nicht lernen, es ist zu schwer."

„Das wäre! Und woher weißt du denn diese Neuigkeit?"

„Der Peter hat es mir gesagt und er weiß es schon, der muss immer wieder probieren, aber er kann es nie lernen, es ist zu schwer."

„So, das ist mir ein eigener Peter, der! Aber sieh, Heidi, man muss nicht alles nur so hinnehmen, was einem ein Peter sagt, man muss selbst probieren. Gewiss hast du nicht recht mit all deinen Gedanken dem Herrn Kandidaten zugehört und seine Buchstaben angesehen."

„Es nützt nichts", versicherte Heidi mit dem Ton der vollen Ergebung in das Unabänderliche.

„Heidi", sagte nun die Großmama, „jetzt will ich dir etwas sagen: Du hast noch nie lesen gelernt, weil du deinem Peter geglaubt hast; nun aber sollst du mir glauben, und ich sage dir fest und sicher, dass du in kurzer Zeit lesen lernen kannst, wie eine große Menge von Kindern, die geartet sind wie du und nicht wie der Peter. Und nun musst du wissen, was nachher kommt, wenn du dann lesen kannst – du hast den Hirten gesehen auf der schönen, grünen Weide –; sobald du nun lesen kannst, bekommst du das Buch, da kannst du seine ganze Geschichte vernehmen, ganz so, als ob sie dir jemand erzählte, alles, was er macht mit seinen Schafen und Ziegen und was ihm für merkwürdige Dinge begegnen. Das möchtest du schon wissen, Heidi, nicht?"

Heidi hatte mit gespannter Aufmerksamkeit zugehört, und mit leuchtenden Augen sagte es jetzt, tief Atem holend: „Oh, wenn ich nur schon lesen könnte!"

„Jetzt wird's kommen, und gar nicht lange wird's währen, das kann ich schon sehen, Heidi, und nun müssen wir mal nach der Klara sehen; komm, die schönen Bücher nehmen wir mit." Damit nahm die Großmama Heidi bei der Hand und ging mit ihm nach dem Studierzimmer.

Seit dem Tage, da Heidi hatte heimgehen wollen und Fräulein Rottenmeier es auf der Treppe ausgescholten und ihm gesagt hatte, wie schlecht und undankbar es sich erweise durch sein Fortlaufenwollen und wie gut es sei, dass Herr Sesemann nichts davon wisse, war mit dem Kinde eine Veränderung vorgegangen. Es hatte begriffen, dass es nicht heimgehen könne, wenn es wolle, wie ihm die Base gesagt hatte, sondern dass es in Frankfurt zu bleiben habe, lange, lange, vielleicht für immer. Es hatte auch verstanden, dass Herr Sesemann es sehr undankbar von ihm finden würde, wenn es heimgehen wollte, und es dachte sich aus, dass die Großmama und Klara auch so denken würden. So durfte es keinem Menschen sagen, dass es heimgehen möchte, denn dass die Großmama, die so freundlich mit ihm war, auch böse würde, wie Fräulein Rottenmeier geworden war, das wollte Heidi nicht verursachen. Aber in seinem Herzen wurde die Last, die darinnen lag, immer schwerer; es konnte nicht mehr essen, und jeden Tag wurde es ein wenig bleicher. Am Abend konnte es oft lange, lange nicht einschlafen, denn sobald es allein war und alles still ringsumher, kam ihm alles so lebendig vor die Augen, die Alm und der Sonnenschein darauf und die Blumen; und schlief es endlich doch ein, so sah es im Traum die roten Felsenspitzen am Falknis und das feurige Schneefeld an der Schesaplana, und erwachte dann Heidi am Morgen und wollte voller Freude hinausspringen aus der Hütte – da war es auf einmal in seinem großen Bett in Frankfurt, so weit, weit weg, und konnte nicht mehr heim. Dann drückte Heidi oft seinen Kopf in das Kissen und weinte lang, ganz leise, dass niemand es höre.

Heidis freudloser Zustand entging der Großmama nicht. Sie ließ einige Tage vorübergehen und sah zu, ob die Sache sich ändere und das Kind sein niedergeschlagenes Wesen verlieren würde. Als es aber gleich blieb und die Großmama manchmal am frühen Morgen schon sehen konnte, dass Heidi geweint hatte, da nahm sie eines Tages das Kind wieder in ihre Stube, stellte es vor sich hin und sagte mit großer Freundlichkeit: „Jetzt sag mir, was dir fehlt, Heidi; hast du einen Kummer?"

Aber gerade dieser freundlichen Großmama wollte Heidi nicht sich so undankbar zeigen, dass sie vielleicht nachher gar nicht mehr so freundlich wäre; so sagte Heidi traurig: „Man kann es nicht sagen."

„Nicht? Kann man es etwa der Klara sagen?", fragte die Großmama.

„O nein, keinem Menschen", versicherte Heidi und sah dabei so unglücklich aus, dass es die Großmama erbarmte.

„Komm, Kind", sagte sie, „ich will dir was sagen: Wenn man einen Kummer hat, den man keinem Menschen sagen kann, so klagt man ihn dem lieben Gott im Himmel und bittet ihn, dass er helfe, denn er kann allem Leid abhelfen, das uns drückt. Das verstehst du, nicht wahr? Du betest doch jeden Abend zum lieben Gott im Himmel und dankst ihm für alles Gute und bittest ihn, dass er dich vor allem Bösen behüte?“

„O nein, das tu ich nie“, antwortete das Kind.

„Hast du denn gar nie gebetet, Heidi, weißt du nicht, was das ist?“

„Nur mit der ersten Großmutter habe ich gebetet, aber es ist schon lang, und jetzt habe ich es vergessen.“

„Siehst du, Heidi, darum musst du so traurig sein, weil du jetzt gar niemanden kennst, der dir helfen kann. Denk einmal nach, wie wohl das tun muss, wenn einen im Herzen etwas immerfort drückt und quält und man kann so jeden Augenblick zum lieben Gott hingehen und ihm alles sagen und ihn bitten, dass er helfe, wo uns sonst gar niemand helfen kann! Und er kann überall helfen und uns geben, was uns wieder froh macht.“

Durch Heidis Augen fuhr ein Freudenstrahl: „Darf man ihm alles, alles sagen?“

„Alles, Heidi, alles.“

Das Kind zog seine Hand aus den Händen der Großmama und sagte eilig: „Kann ich gehen?“

„Gewiss! Gewiss!“, gab diese zur Antwort, und Heidi lief davon und hinüber in sein Zimmer, und hier setzte es sich auf seinen Schemel nieder und faltete seine Hände und sagte dem lieben Gott alles, was in seinem Herzen war und es so traurig machte, und bat ihn dringend und herzlich, dass er ihm helfe und es wieder heimkommen lasse zum Großvater. –

Es mochte etwas mehr als eine Woche verflossen sein seit diesem Tage, als der Herr Kandidat begehrte, der Frau Sesemann seine Aufwartung zu machen, indem er eine Besprechung über einen merkwürdigen Gegenstand mit der Dame abzuhalten gedachte. Er wurde auf ihre Stube berufen, und hier, wie er eintrat, streckte ihm Frau Sesemann sogleich freundlich die Hand entgegen: „Mein lieber Herr Kandidat, seien Sie mir willkommen! Setzen Sie sich her zu mir, hier“ – sie rückte ihm den Stuhl zurecht. „So, nun sagen Sie mir, was bringt Sie zu mir; doch nichts Schlimmes, keine Klagen?“

„Im Gegenteil, gnädige Frau“, begann der Herr Kandidat; „es ist etwas vorgefallen, das ich nicht mehr erwarten konnte und keiner, der einen Blick in alles Vorhergegangene hätte werfen können, denn nach allen Voraussetzungen musste angenommen werden, dass es eine völlige Unmöglichkeit sein müsse, was dennoch jetzt wirklich geschehen ist und in der wunderbarsten Weise stattgefunden hat, gleichsam im Gegensatz zu allem folgerichtig zu Erwartenden –“

„Sollte das Kind Heidi etwa lesen gelernt haben, Herr Kandidat?“, setzte hier Frau Sesemann ein.

In sprachlosem Erstaunen schaute der überraschte Herr die Dame an.

„Es ist ja wirklich völlig wunderbar“, sagte er endlich, „nicht nur, dass das junge Mädchen nach all meinen gründlichen Erklärungen, und ungewöhnlichen Bemühungen das Abc nicht erlernt hat, sondern auch und besonders, dass es jetzt in kürzester Zeit, nachdem ich mich entschlossen hatte, das Unerreichbare aus den Augen zu lassen und ohne alle weiter greifenden Erläuterungen nur noch sozusagen die nackten Buchstaben vor die Augen des jungen Mädchens zu bringen, sozusagen über Nacht das Lesen erfasst hat, und dann sogleich mit einer Korrektheit die Worte liest, wie mir bei Anfängern noch selten vorgekommen ist. Fast ebenso wunderbar ist mir die Wahrnehmung, dass die gnädige Frau gerade diese fern liegende Tatsache als Möglichkeit vermutete.“

„Es geschehen viele wunderbare Dinge im Menschenleben“, bestätigte Frau Sesemann und lächelte vergnüglich; „es können auch einmal zwei Dinge glücklich zusammentreffen, wie ein neuer Lerneifer und eine neue Lehrmethode, und beide können nichts schaden, Herr Kandidat. Jetzt wollen wir uns freuen, dass das Kind so weit ist, und auf guten Fortgang hoffen.“

Damit begleitete sie den Herrn Kandidaten zur Tür hinaus und ging rasch nach dem Studierzimmer, um sich selbst der erfreulichen Nachricht zu versichern. Richtig saß hier Heidi neben Klara und las dieser eine

Geschichte vor, sichtlich selbst mit dem größten Erstaunen und mit einem wachsenden Eifer in die neue Welt eindringend, die ihm aufgegangen war, nun ihm mit einem Mal aus den schwarzen Buchstaben Menschen und Dinge entgegentraten und Leben gewannen und zu herzbewegenden Geschichten wurden. Noch am selben Abend, als man sich zu Tische setzte, fand Heidi auf seinem Teller das große Buch liegen mit den schönen Bildern, und als es fragend nach der Großmama blickte, sagte diese freundlich nickend: „Ja, ja, nun gehört es dir."

„Für immer? Auch wenn ich heimgehe?", fragte Heidi ganz rot vor Freude.

„Gewiss, für immer!", versicherte die Großmama; „morgen fangen wir an zu lesen."

„Aber du gehst nicht heim, noch viele Jahre nicht, Heidi", warf Klara hier ein; „wenn nun die Großmama wieder fortgeht, dann musst du erst recht bei mir bleiben."

Noch vor dem Schlafengehen musste Heidi in seinem Zimmer sein schönes Buch ansehen, und von dem Tage an war es sein Liebstes, über seinem Buch zu sitzen und immer wieder die Geschichten zu lesen, zu denen die schönen bunten Bilder gehörten. Sagte am Abend die Großmama: „Nun liest uns Heidi vor", so war das Kind sehr beglückt, denn das Lesen ging ihm nun ganz leicht, und wenn es die Geschichten laut vorlas, so kamen sie ihm noch viel schöner und verständlicher vor, und die Großmama erklärte dann noch so vieles und erzählte immer noch mehr dazu. Am liebsten beschaute Heidi immer wieder seine grüne Weide und den Hirten mitten unter der Herde, wie er so vergnüglich, auf seinen langen Stab gelehnt, dastand, denn da war er noch bei der schönen Herde des Vaters und ging nur den lustigen Schäfchen und Ziegen nach, weil es ihn freute. Aber dann kam das Bild, wo er, vom Vaterhaus weggelaufen, nun in der Fremde war und die Schweinchen hüten musste und ganz mager geworden war bei den Trebern, die er allein noch zu essen bekam. Und auf dem Bilde schien auch die Sonne nicht mehr so golden, da war das Land grau und nebelig. Aber dann kam noch ein Bild zu der

Geschichte: Da kam der alte Vater mit ausgebreiteten Armen aus dem Hause heraus und lief dem heimkehrenden reuigen Sohn entgegen, um ihn zu empfangen, der ganz furchtsam und abgemagert in einem zerrissenen Wams daherkam. Das war Heidis Lieblingsgeschichte, die es immer wieder las, laut und leise, und es konnte nie genug der Erklärungen bekommen, welche die Großmama den Kindern dazu machte. Da waren aber noch so viele schöne Geschichten in dem Buch, und bei dem Lesen derselben und dem Bilderbesehen gingen die Tage sehr schnell dahin, und schon nahte die Zeit heran, welche die Großmama zu ihrer Abreise bestimmt hatte.

Heidi nimmt auf einer Seite zu und auf der anderen ab

Die Großmama hatte während der ganzen Zeit ihres Aufenthalts jeden Nachmittag, wenn Klara sich hinlegte und Fräulein Rottenmeier, wahrscheinlich der Ruhe bedürftig, geheimnisvoll verschwand, sich einen Augenblick neben Klara hingesetzt; aber schon nach fünf Minuten war sie wieder auf den Füßen und hatte dann immer Heidi auf ihre Stube berufen, sich mit ihm besprochen und es auf allerlei Weise beschäftigt und unterhalten. Die Großmama hatte hübsche kleine Puppen und zeigte dem Heidi, wie man ihnen Kleider und Schürzchen macht, und ganz unvermerkt hatte Heidi das Nähen erlernt und machte den kleinen Frauenzimmern die schönsten Röcke und Mäntelchen, denn die Großmama hatte immer Zeugstücke von den prächtigsten Farben. Nun Heidi lesen konnte, durfte es auch immer wieder der Großmama seine Geschichten vorlesen; das machte ihm die größte Freude, denn je mehr es seine Geschichten las, desto lieber wurden sie ihm, denn Heidi lebte alles ganz mit durch, was die Leute alle zu erleben hatten, und so hatte es zu ihnen allen ein sehr nahes Verhältnis und freute sich immer wieder, bei ihnen zu sein. Aber so recht froh sah Heidi nie aus, und seine lustigen Augen waren nie mehr zu sehen.

Es war die letzte Woche, welche die Großmama in Frankfurt zubringen wollte. Sie hatte eben nach Heidi gerufen, dass es auf ihre Stube komme;

es war die Zeit, da Klara schlief. Als Heidi eintrat mit seinem großen Buch unter dem Arm, winkte ihm die Großmama, dass es ganz nahe zu ihr herankomme, legte das Buch weg und sagte: „Nun komm, Kind, und sag mir, warum bist du nicht fröhlich? Hast du immer noch denselben Kummer im Herzen?"

„Ja", nickte Heidi.

„Hast du ihn dem lieben Gott geklagt?"

„Ja."

„Und betest du nun alle Tage, dass alles gut werde und er dich froh mache?"

„O nein, ich bete jetzt gar nie mehr."

„Was sagst du mir, Heidi? Was muss ich hören? Warum betest du denn nicht mehr?"

„Es nützt nichts, der liebe Gott hat nicht zugehört, und ich glaube es auch wohl", fuhr Heidi in einiger Aufregung weiter, „wenn nun am Abend so viele, viele Leute in Frankfurt alle miteinander beten, so kann der liebe Gott ja nicht auf alle Acht geben, und mich hat er gewiss gar nicht gehört."

„So, wie weißt du denn das so sicher, Heidi?"

„Ich habe alle Tage das Gleiche gebetet, manche Woche lang, und der liebe Gott hat es nie getan."

„Ja, so geht's nicht zu, Heidi! Das musst du nicht meinen! Siehst du, der liebe Gott ist für uns alle ein guter Vater, der immer weiß, was gut für uns ist, wenn wir es gar nicht wissen. Wenn wir aber nun etwas von ihm haben wollen, das nicht gut für uns ist, so gibt er uns das nicht, sondern etwas viel Besseres, wenn wir fortfahren, so recht herzlich zu ihm zu beten, aber nicht gleich weglaufen und alles Vertrauen zu ihm verlieren. Siehst du, was du nun von ihm erbitten wolltest, das war in diesem Augenblick nicht gut für dich; der liebe Gott hat dich schon gehört, er kann alle Menschen auf einmal anhören und übersehen, siehst du, dafür ist er der liebe Gott und nicht ein Mensch wie du und ich. Und weil er nun wohl wusste, was für dich gut ist, dachte er bei sich: „Ja, das Heidi soll schon einmal haben, wofür es bittet, aber erst dann, wenn es ihm gut ist, und so wie es darüber recht froh werden kann. Denn wenn ich jetzt tue, was es will, und es merkt nachher, dass es doch besser gewesen wäre, ich hätte ihm seinen Willen nicht getan, dann weint es nachher und sagt: Hätte mir doch der liebe Gott nur nicht gegeben, wofür ich bat, es ist gar nicht so gut, wie ich gemeint habe." Und während nun der liebe Gott auf dich niedersah, ob du ihm auch recht vertrautest und täglich zu ihm kommest und betest und immer zu ihm aufsehest, wenn dir etwas fehlt, da bist du weggelaufen ohne alles Vertrauen, hast nie mehr gebetet und hast den lieben Gott ganz vergessen. Aber siehst du, wenn einer es so macht und der liebe Gott hört seine Stimme gar nie mehr unter den Betenden, so vergisst er ihn auch und lässt ihn gehen, wohin er will. Wenn es ihm dabei aber schlecht geht und er jammert: „Mir hilft aber auch gar niemand!", dann hat keiner Mitleiden mit ihm, sondern jeder sagt zu ihm: „Du bist ja selbst vom lieben Gott weggelaufen, der dir helfen konnte!" Willst du's so haben, Heidi, oder willst du gleich wieder zum lieben Gott gehen und ihn um Verzeihung bitten, dass du so von ihm weggelaufen bist, und dann alle Tage zu ihm beten und ihm vertrauen, dass er alles gut für dich machen werde, so dass du auch wieder ein frohes Herz bekommen kannst?"

Heidi hatte sehr aufmerksam zugehört; jedes Wort der Großmama fiel in sein Herz, denn zu ihr hatte das Kind ein unbedingtes Vertrauen.

„Ich will jetzt gleich auf der Stelle gehen und den lieben Gott um Verzeihung bitten, und ich will ihn nie mehr vergessen", sagte Heidi reumütig.

„So ist's recht, Kind, er wird dir auch helfen zur rechten Zeit, sei nur getrost!", ermunterte die Großmama, und Heidi lief sofort in sein Zimmer hinüber und betete ernstlich und reuig zum lieben Gott und bat ihn, dass er es doch nicht vergessen und auch wieder zu ihm niederschauen möge. –

Der Tag der Abreise war gekommen, es war für Klara und Heidi ein trauriger Tag; aber die Großmama wusste es so einzurichten, dass sie gar nicht zum Bewusstsein kamen, dass es eigentlich ein trauriger Tag sei, sondern es war eher wie ein Festtag, bis die gute Großmama im Wagen davonfuhr. Da trat eine Leere und Stille im Hause ein, als wäre alles vorüber, und solange noch der Tag währte, saßen Klara und Heidi wie verloren da und wussten gar nicht, wie es nun weiter kommen sollte.

Am folgenden Tag, als die Unterrichtsstunden vorbei und die Zeit da war, da die Kinder gewöhnlich zusammensaßen, trat Heidi mit seinem Buch unter dem Arm herein und sagte: „Ich will dir nun immer, immer vorlesen; willst du, Klara?“

Der Klara war der Vorschlag recht für einmal, und Heidi machte sich mit Eifer an seine Tätigkeit. Aber es ging nicht lange, so hörte schon wieder alles auf, denn kaum hatte Heidi eine Geschichte zu lesen begonnen, die von einer sterbenden Großmutter handelte, als es auf einmal laut aufschrie: „Oh, nun ist die Großmutter tot!“, und in ein jammervolles Weinen ausbrach, denn alles, was es las, war dem Heidi volle Gegenwart, und es glaubte nicht anders, als nun sei die Großmutter auf der Alm gestorben, und es klagte in immer lauterem Weinen: „Nun ist die Großmutter tot, und ich kann nie mehr zu ihr gehen, und sie hat nicht ein einziges Brötchen mehr bekommen!“

Klara suchte immerfort dem Heidi zu erklären, dass es ja nicht die Großmutter auf der Alm sei, sondern eine ganz andere, von der diese Geschichte handle; aber auch, als sie endlich dazu gekommen war, dem aufgeregten Heidi diese Verwechslung klar zu machen, konnte es sich doch nicht beruhigen und weinte immer noch untröstlich weiter, denn der Gedanke war ihm nun im Herzen erwacht, die Großmutter könne ja sterben, während es so weit weg sei, und der Großvater auch noch, und wenn es dann nach einiger Zeit wieder heimkomme, so sei alles still und tot auf der Alm und es stehe ganz allein da und könne niemals mehr die sehen, die ihm lieb waren.

Währenddessen war Fräulein Rottenmeier ins Zimmer getreten und hatte noch Klaras Bemühungen, Heidi über seinen Irrtum aufzuklären, mit angehört. Als das Kind aber immer noch nicht aufhören konnte zu schluchzen, trat sie mit sichtlichen Zeichen der Ungeduld zu den Kindern heran und sagte mit bestimmtem Ton: „Adelheid, nun ist des grundlosen Geschreis genug! Ich will dir eines sagen: Wenn du noch ein einziges Mal beim Lesen deiner Geschichten solchen Ausbrüchen den Lauf lässt, so nehme ich das Buch aus deinen Händen und für immer!"

Das machte Eindruck. Heidi wurde ganz weiß vor Schrecken, das Buch war sein höchster Schatz. Es trocknete in größter Eile seine Tränen und schluckte und würgte sein Schluchzen mit Gewalt hinunter, so dass kein Tönchen mehr laut wurde. Das Mittel hatte geholfen, Heidi weinte nie mehr, was es auch lesen mochte; aber manchmal hatte es solche Anstrengungen zu machen, um sich zu überwinden und nicht aufzuschreien, dass Klara öfter ganz erstaunt sagte: „Heidi, du machst so schreckliche Grimassen, wie ich noch nie gesehen habe." Aber die Grimassen machten keinen Lärm und fielen der Dame Rottenmeier nicht auf, und wenn Heidi seinen Anfall von verzweiflungsvoller Traurigkeit niedergerungen hatte, kam alles wieder ins Geleise für einige Zeit und war tonlos vorübergegangen. Aber seinen Appetit verlor Heidi so sehr und sah so mager und bleich aus, dass der Sebastian fast nicht ertragen konnte, das so mit anzusehen und Zeuge sein zu müssen, wie Heidi bei Tisch die schönsten Gerichte an sich vorübergehen ließ und nichts essen wollte. Er flüsterte ihm auch öfter ermunternd zu, wenn er ihm eine Schüssel hinhielt: „Nehmen von dem, Mamsellchen, 's ist vortrefflich. Nicht so! Einen rechten Löffel voll, noch einen!", und dergleichen väterlicher Räte mehr; aber es half nichts: Heidi aß fast gar nicht mehr, und wenn es sich am Abend auf sein Kissen legte, so hatte es augenblicklich alles vor Augen, was daheim war, und nur ganz leise weinte es dann vor Sehnsucht in sein Kissen hinein, so dass es gar niemand hören konnte.

So ging eine lange Zeit dahin. Heidi wusste gar nie, ob es Sommer oder Winter sei, denn die Mauern und Fenster, die es aus allen Fenstern des Hauses Sesemann erblickte, sahen immer gleich aus, und hinaus kam es nur, wenn es Klara besonders gut ging und eine Ausfahrt im Wagen mit ihr gemacht werden konnte, die aber immer sehr kurz war, denn Klara konnte nicht vertragen, lang zu fahren. So kam man kaum aus den

Mauern und Steinstraßen heraus, sondern kehrte gewöhnlich vorher wieder um und fuhr immerfort durch große, schöne Straßen, wo Häuser und Menschen in Fülle zu sehen waren, aber nicht Gras und Blumen, keine Tannen und keine Berge, und Heidis Verlangen nach dem Anblick der schönen gewohnten Dinge steigerte sich mit jedem Tage mehr, so dass es jetzt nur den Namen eines dieser Erinnerung weckenden Worte zu lesen brauchte, so war schon ein Ausbruch des Schmerzes nahe, und Heidi hatte mit aller Gewalt dagegen zu ringen. So waren Herbst und Winter vergangen, und schon blendete die Sonne wieder so stark auf die weißen Mauern am Hause gegenüber, dass Heidi ahnte, nun sei die Zeit nahe, da der Peter wieder zur Alm führe mit den Geißen, da die goldenen Cystusröschen glitzerten droben im Sonnenschein und allabendlich ringsum alle Berge im Feuer ständen. Heidi setzte sich in seinem einsamen Zimmer in einen Winkel und hielt sich mit beiden Händen die Augen zu, dass es den Sonnenschein drüben an der Mauer nicht sehe; und so saß es regungslos, sein brennendes Heimweh lautlos niederkämpfend, bis Klara wieder nach ihm rief.

Im Hause Sesemann spukt's

Seit einigen Tagen wanderte Fräulein Rottenmeier meistens schweigend und in sich gekehrt im Haus herum. Wenn sie um die Zeit der Dämmerung von einem Zimmer ins andere oder über den langen Korridor ging, schaute sie öfters um sich, gegen die Ecken hin und auch schnell einmal hinter sich, so, als denke sie, es könnte jemand leise hinter ihr herkommen und sie unversehens am Rock zupfen. So allein ging sie aber nur noch in den bewohnten Räumen herum. Hatte sie auf dem oberen Boden, wo die feierlich aufgerüsteten Gastzimmer lagen, oder gar in den unteren Räumen etwas zu besorgen, wo der große geheimnisvolle Saal war, in dem jeder Tritt einen weithin schallenden Widerhall gab und die alten Ratsherren mit den großen, weißen Kragen so ernsthaft und unverwandt auf einen niederschauten, da rief sie nun regelmäßig die Tinette herbei und sagte ihr, sie habe mitzukommen, im Fall etwas von dort herauf- oder von oben herunterzutragen wäre. Tinette ihrerseits machte es pünktlich ebenso; hatte sie oben oder unten irgendein Geschäft abzutun, so rief sie den Sebastian herbei und sagte ihm, er habe sie zu begleiten, es möchte etwas herbeizubringen sein, das sie nicht allein tragen könnte. Wunderbarerweise tat auch Sebastian akkurat dasselbe; wurde er in die abgelegenen Räume geschickt, so holte er den Johann herauf und wies ihn an, ihn zu begleiten, im Fall er nicht herbeischaffen könnte, was erforderlich sei. Und jedes folgte immer ganz willig dem Ruf, obschon eigentlich nie etwas herbeizutragen war, so dass jedes gut hätte allein gehen können; aber es war so, als denke der Herbeigerufene immer bei sich, er könne den anderen auch bald für denselben Dienst nötig haben. Während sich solches oben zutrug, stand unten die langjährige Köchin tiefsinnig bei ihren Töpfen und schüttelte den Kopf und seufzte: „Dass ich das noch erleben musste!"

Es ging im Hause Sesemann seit einiger Zeit etwas ganz Seltsames und Unheimliches vor. Jeden Morgen, wenn die Dienerschaft herunterkam, stand die Haustür weit offen; aber weit und breit war niemand zu sehen, der mit dieser Erscheinung im Zusammenhang stehen konnte. In den ersten Tagen, da dies geschehen war, wurden gleich mit Schrecken alle Zimmer und Räume des Hauses durchsucht, um zu sehen, was alles gestohlen sei, denn man dachte, ein Dieb habe sich im Hause verstecken können und sei in der Nacht mit dem Gestohlenen entflohen; aber da war gar nichts fortgekommen, es fehlte im ganzen Hause nicht ein einziges Ding. Abends wurde nicht nur die Tür doppelt zugeriegelt, sondern es wurde noch der hölzerne Balken vorgeschoben – es half nichts: Am Morgen stand die Tür weit offen; und so früh nun auch die ganze Dienerschaft in ihrer Aufregung am Morgen herunterkommen mochte – die Tür stand offen, wenn auch ringsum alles noch im tiefen Schlaf lag und Fenster und Türen an allen anderen Häusern noch fest verrammelt waren. Endlich fassten sich der Johann und der Sebastian ein Herz und machten sich auf die dringenden Zureden der Dame Rottenmeier bereit, die Nacht unten in dem Zimmer, das an den großen Saal stieß, zuzubringen und zu erwarten, was geschehe. Fräulein Rottenmeier suchte mehrere Waffen des Herrn Sesemann hervor und übergab dem Sebastian eine große Liqueurflasche, damit Stärkung vorausgehen und gute Wehr nachfolgen könne, wo sie nötig sei.

Die beiden setzten sich an dem festgesetzten Abend hin und fingen gleich an, sich Stärkung zuzutrinken, was sie erst sehr gesprächig und dann ziemlich schläfrig machte, worauf sie beide sich an die Sesselrücken lehnten und verstummten. Als die alte Turmuhr drüben zwölf schlug, ermannte sich Sebastian und rief seinen Kameraden an; der war aber nicht leicht zu erwecken; sooft ihn Sebastian anrief, legte er seinen Kopf von einer Seite der Sessellehne auf die andere und schlief weiter. Sebastian lauschte nunmehr gespannt, er war nun wieder ganz munter geworden. Es war alles mäuschenstill, auch von der Straße war kein Laut mehr zu hören. Sebastian entschlief nicht wieder, denn jetzt wurde es ihm sehr unheimlich in der großen Stille, und er rief den Johann nur noch mit gedämpfter Stimme an und rüttelte ihn von Zeit zu Zeit ein wenig. Endlich, als es droben schon ein Uhr geschlagen hatte, war der Johann wach geworden und wieder zum klaren Bewusstsein gekommen, warum er auf dem Stuhl sitze und nicht in seinem Bett liege. Jetzt fuhr er auf einmal sehr tapfer empor und rief: „Nun, Sebastian, wir müssen doch einmal hinaus und sehen, wie's steht; du wirst dich ja nicht fürchten. Nur mir nach."

Johann machte die leicht angelehnte Zimmertür weit auf und trat hinaus. Im gleichen Augenblick blies aus der offenen Haustür ein scharfer Luftzug her und löschte das Licht aus, das der Johann in der Hand hielt. Dieser stürzte zurück, warf den hinter ihm stehenden Sebastian beinah rücklings ins Zimmer hinein, riss ihn dann mit, schlug die Tür zu und drehte in fieberhafter Eile den Schlüssel um, solang er nur umging. Dann riss er seine Streichhölzer hervor und zündete sein Licht wieder an. Sebastian wusste gar nicht recht, was vorgefallen war, denn hinter dem breiten Johann stehend, hatte er den Luftzug nicht so deutlich empfunden. Wie er aber jenen nun bei Licht besah, tat er einen Schreckensruf, denn der Johann war kreideweiß und zitterte wie

Espenlaub. „Was ist's denn? Was war denn draußen?“, fragte der Sebastian teilnehmend.

„Sperrangelweit offen die Tür“, keuchte Johann, „und auf der Treppe eine weiße Gestalt, siehst du, Sebastian, nur so die Treppe hinauf – husch und verschwunden.“

Dem Sebastian gruselte es den ganzen Rücken hinauf. Jetzt setzten sich die beiden ganz nah zusammen und regten sich nicht mehr, bis dass der neue Morgen da war und es auf der Straße anfing, lebendig zu werden. Dann traten sie zusammen hinaus, machten die weit offen stehende Haustür zu und stiegen dann hinauf, um Fräulein Rottenmeier Bericht zu erstatten über das Erlebte. Die Dame war auch schon zu sprechen, denn die Erwartung der zu vernehmenden Dinge hatte sie nicht mehr schlafen lassen. Sobald sie nun vernommen hatte, was vorgefallen war, setzte sie sich hin und schrieb einen Brief an Herrn Sesemann, wie er noch keinen erhalten hatte; er möge sich nur sogleich, ohne Verzug, aufmachen und nach Hause zurückkehren, denn da geschähen unerhörte Dinge. Dann wurde ihm das Vorgefallene mitgeteilt sowie auch die Nachricht, dass fortgesetzt die Tür jeden Morgen offen stehe; dass also keiner im Hause seines Lebens mehr sicher sei bei dergestalt allnächtlich offen stehender Hauspforte und dass man überhaupt nicht absehen könne, was für dunkle Folgen dieser unheimliche Vorgang noch nach sich ziehen könne. Herr Sesemann antwortete umgehend, es sei ihm unmöglich, so plötzlich alles liegen zu lassen und nach Hause zu kommen. Die Gespenstergeschichte sei ihm sehr befremdend, er hoffe auch, sie sei vorübergehend; sollte es indessen keine Ruhe geben, so möge Fräulein Rottenmeier an Frau Sesemann schreiben und sie fragen, ob sie nicht nach Frankfurt zu Hilfe kommen wollte; gewiss würde seine Mutter in kürzester Zeit mit den Gespenstern fertig, und diese trauten sich nachher sicher so bald nicht wieder, sein Haus zu beunruhigen. Fräulein Rottenmeier war nicht zufrieden mit dem Ton dieses Briefes; die Sache war ihr zu wenig ernst aufgefasst. Sie schrieb unverzüglich an Frau Sesemann, aber von dieser Seite her tönte es nicht eben befriedigender, und die Antwort enthielt einige ganz anzügliche Bemerkungen. Frau Sesemann schrieb, sie gedenke nicht, extra von Holstein nach Frankfurt hinunterzureisen, weil die Rottenmeier Gespenster sehe. Übrigens sei niemals ein Gespenst gesehen worden im Hause Sesemann, und wenn jetzt eines darin herumfahre, so könne es nur ein lebendiges sein, mit dem die Rottenmeier sich sollte verständigen können; wo nicht, so solle sie die Nachtwächter zu Hilfe rufen.

Aber Fräulein Rottenmeier war entschlossen, ihre Tage nicht mehr in Schrecken zuzubringen, und sie wusste sich zu helfen. Bis dahin hatte sie den beiden Kindern nichts von der Geistererscheinung gesagt, denn sie befürchtete, die Kinder würden vor Furcht Tag und Nacht keinen Augenblick mehr allein bleiben wollen, und das konnte sehr unbequeme Folgen für sie haben. Jetzt ging sie stracks ins Studierzimmer hinüber, wo die beiden zusammensaßen, und erzählte mit gedämpfter Stimme von den nächtlichen Erscheinungen eines Unbekannten. Sofort schrie Klara auf, sie bleibe keinen Augenblick mehr allein, der Papa müsse nach Hause kommen und Fräulein Rottenmeier müsse zum Schlafen in ihr Zimmer hinüberziehen, und Heidi dürfe auch nicht mehr allein sein, sonst könne das Gespenst einmal zu ihm kommen und ihm etwas tun; sie wollten alle in *einem* Zimmer schlafen und die ganze Nacht das Licht brennen lassen, und Tinette müsste nebenan schlafen und der Sebastian und der Johann müssten auch herunterkommen und auf dem Korridor schlafen, dass sie gleich schreien und das Gespenst erschrecken könnten, wenn es etwa die Treppe heraufkommen wollte. Klara war sehr aufgeregt und Fräulein Rottenmeier hatte nun die größte Mühe, sie etwas zu beschwichtigen. Sie versprach ihr, sogleich an den Papa zu schreiben und auch ihr Bett in Klaras Zimmer stellen und sie nie mehr allein lassen zu wollen. Alle konnten sie nicht in demselben Raume schlafen, aber wenn Adelheid sich auch fürchten sollte, so müsste Tinette ihr Nachtlager bei ihr aufschlagen. Aber Heidi fürchtete sich mehr vor der Tinette als vor Gespenstern, von denen das Kind noch gar nie etwas gehört hatte, und es erklärte gleich, es fürchte das Gespenst nicht und wolle schon allein in seinem Zimmer bleiben. Hierauf eilte Fräulein Rottenmeier an ihren Schreibtisch und schrieb an Herrn Sesemann, die unheimlichen Vorgänge im Hause, die allnächtlich sich wiederholten, hätten die zarte Konstitution seiner Tochter dergestalt erschüttert, dass die schlimmsten Folgen zu befürchten seien; man habe Beispiele von plötzlich eintretenden epileptischen Zufällen oder Veitstanz in solchen Verhältnissen, und seine Tochter sei allem ausgesetzt, wenn dieser Zustand des Schreckens im Hause nicht gehoben werde.

Das half. Zwei Tage darauf stand Herr Sesemann vor seiner Tür und schellte dergestalt an seiner Hausglocke, dass alles zusammenlief und einer den anderen anstarrte, denn man glaubte nicht anders, als nun lasse der Geist frecherweise noch vor Nacht seine boshaften Stücke aus. Sebastian guckte ganz behutsam durch einen halb geöffneten Laden von oben herunter; in dem Augenblick schellte es noch einmal so nachdrücklich, dass jeder unwillkürlich eine Menschenhand hinter dem tüchtigen Ruck vermutete. Sebastian hatte die Hand erkannt, stürzte durchs Zimmer, kopfüber die Treppe hinunter, kam aber unten wieder auf die Füße und riss die Haustür auf. Herr Sesemann grüßte kurz und stieg ohne weiteres nach dem Zimmer seiner Tochter hinauf. Klara empfing den Papa mit einem lauten Freudenruf, und als er sie so munter und völlig unverändert sah, glättete sich seine Stirn, die er vorher sehr zusammengezogen hatte, und immer mehr, als er nun von ihr selbst hörte, sie sei so wohl wie immer und sie sei so froh, dass er gekommen sei, dass es ihr jetzt ganz recht sei, dass ein Geist im Haus herumfahre, weil er doch daran schuld sei, dass der Papa heimkommen musste.

„Und wie führt sich das Gespenst weiter auf, Fräulein Rottenmeier?“, fragte nun Herr Sesemann mit einem lustigen Ausdruck in den Mundwinkeln.

„Nein, Herr Sesemann“, entgegnete die Dame ernst, „es ist kein Scherz. Ich zweifle nicht daran, dass morgen Herr Sesemann nicht mehr lachen wird; denn was in dem Hause vorgeht, deutet auf Fürchterliches, das hier in vergangener Zeit muss vorgegangen und verheimlicht worden sein.“

„So, davon weiß ich nichts“, bemerkte Herr Sesemann, „muss aber bitten, meine völlig ehrenwerten Ahnen nicht verdächtigen zu wollen.

Und nun rufen Sie mir den Sebastian ins Esszimmer, ich will allein mit ihm reden."

Herr Sesemann ging hinüber und Sebastian erschien. Es war Herrn Sesemann nicht entgangen, dass Sebastian und Fräulein Rottenmeier sich nicht eben mit Zuneigung betrachteten; so hatte er seine Gedanken.

„Komm Er her, Bursche", winkte er dem Eintretenden entgegen, „und sag Er mir nun ganz ehrlich: Hat Er nicht etwa selbst ein wenig Gespenst gespielt, so um Fräulein Rottenmeier etwas Kurzweil zu machen, he?"

„Nein, meiner Treu, das muss der gnädige Herr nicht glauben; es ist mir selbst nicht ganz gemütlich bei der Sache", entgegnete Sebastian mit unverkennbarer Ehrlichkeit.

„Nun, wenn es so steht, so will ich morgen Ihm und dem tapferen Johann zeigen, wie Gespenster beim Licht aussehen. Schäme Er sich, Sebastian, ein junger, kräftiger Bursch, wie Er ist, vor Gespenstern davonzulaufen! Nun geh Er unverzüglich zu meinem alten Freund, Doktor Classen: meine Empfehlung und er möchte unfehlbar heut Abend neun Uhr bei mir erscheinen; ich sei extra von Paris hergereist, um ihn zu konsultieren. Er müsse die Nacht bei mir wachen, so schlimm sei's; er solle sich richten! Verstanden, Sebastian?"

„Jawohl, jawohl! Der gnädige Herr kann sicher sein, dass ich's gut mache." Damit entfernte sich Sebastian, und Herr Sesemann kehrte zu seinem Töchterchen zurück, um ihr alle Furcht vor einer Erscheinung zu benehmen, die er noch heute ins nötige Licht stellen wollte.

Punkt neun Uhr, als die Kinder zur Ruhe gegangen und auch Fräulein Rottenmeier sich zurückgezogen hatte, erschien der Doktor, der unter seinen grauen Haaren noch ein recht frisches Gesicht und zwei lebhaft und freundlich blickende Augen zeigte. Er sah etwas ängstlich aus, brach aber gleich nach seiner Begrüßung in ein helles Lachen aus und sagte, seinem Freunde auf die Schulter klopfend: „Nun, nun, für einen, bei dem man wachen soll, siehst du noch leidlich aus, Alter."

„Nur Geduld, Alter“, gab Herr Sesemann zurück; „derjenige, für den du wachen musst, wird schon schlimmer aussehen, wenn wir ihn erst abgefangen haben.“

„Also doch ein Kranker im Haus und dazu einer, der eingefangen werden muss?“

„Weit schlimmer, Doktor, weit schlimmer. Ein Gespenst im Hause, bei mir spukt's!“

Der Doktor lachte laut auf.

„Schöne Teilnahme das, Doktor!“, fuhr Herr Sesemann fort; „schade, dass meine Freundin Rottenmeier sie nicht genießen kann. Sie ist fest überzeugt, dass ein alter Sesemann hier herumrumort und Schauertaten abbüßt.“

„Wie hat sie ihn aber nur kennen gelernt?“, fragte der Doktor noch immer sehr erheitert.

Herr Sesemann erzählte nun seinem Freunde den ganzen Vorgang und wie noch jetzt allnächtlich die Haustür geöffnet werde, nach der Angabe der sämtlichen Hausbewohner, und fügte hinzu, um für alle Fälle vorbereitet zu sein, habe er zwei gut geladene Revolver in das Wachtlokal legen lassen; denn entweder sei die Sache ein sehr unerwünschter Scherz, den sich vielleicht irgendein Bekannter der Dienerschaft mache, um die Leute des Hauses in Abwesenheit des Hausherrn zu erschrecken – dann könnte ein kleiner Schrecken, wie ein guter Schuss ins Leere, ihm nicht unheilsam sein –; oder auch es handle sich um Diebe, die auf diese Weise erst den Gedanken an Gespenster aufkommen lassen wollten, um nachher umso sicherer zu sein, dass niemand sich herauswage – in diesem Falle könnte eine gute Waffe auch nicht schaden.

Während dieser Erklärungen waren die Herren die Treppe hinuntergestiegen und traten in dasselbe Zimmer ein, wo Johann und Sebastian auch gewacht hatten. Auf dem Tische standen einige Flaschen schönen Weines, denn eine kleine Stärkung von Zeit zu Zeit konnte nicht unerwünscht sein, wenn die Nacht da zugebracht werden musste.

Daneben lagen die beiden Revolver, und zwei, ein helles Licht verbreitende Armleuchter standen mitten auf dem Tisch, denn so im Halbdunkel wollte Herr Sesemann das Gespenst denn doch nicht erwarten.

Nun wurde die Tür ans Schloss gelehnt, denn zu viel Licht durfte nicht in den Korridor hinausfließen, es konnte das Gespenst verscheuchen. Jetzt setzten sich die Herren gemütlich in ihre Lehnstühle und fingen an, sich allerlei zu erzählen, nahmen auch hier und da dazwischen einen guten Schluck, und so schlug es zwölf Uhr, eh sie sich's versahen.

„Das Gespenst hat uns gewittert und kommt wohl heut gar nicht“, sagte der Doktor jetzt.

„Nur Geduld, es soll erst um ein Uhr kommen“, entgegnete der Freund.

Das Gespräch wurde wieder aufgenommen. Es schlug ein Uhr. Ringsum war es völlig still, auch auf den Straßen war aller Lärm verklungen. Auf einmal hob der Doktor den Finger empor.

„Pst, Sesemann, hörst du nichts?“

Sie lauschten beide. Leise, aber ganz deutlich hörten sie, wie der Balken zurückgeschoben, dann der Schlüssel zweimal im Schloss umgedreht, jetzt die Tür geöffnet wurde. Herr Sesemann fuhr mit der Hand nach seinem Revolver.

„Du fürchtest dich doch nicht?“, sagte der Doktor und stand auf.

„Behutsam ist besser“, flüsterte Herr Sesemann, erfasste mit der Linken den Armleuchter mit drei Kerzen, mit der Rechten den Revolver und folgte dem Doktor, der, gleichermaßen mit Leuchter und Schießgewehr bewaffnet, voranging. Sie traten auf den Korridor hinaus.

Durch die weit geöffnete Tür floss ein bleicher Mondschein herein und beleuchtete eine weiße Gestalt, die regungslos auf der Schwelle stand.

„Wer da?“, donnerte jetzt der Doktor heraus, dass es durch den ganzen Korridor hallte, und beide Herren traten nun mit Lichtern und Waffen an die Gestalt heran. Sie kehrte sich um und tat einen leisen Schrei. Mit bloßen Füßen im weißen Nachtkleidchen stand Heidi da, schaute mit verwirrten Blicken in die hellen Flammen und auf die Waffen und zitterte und bebte wie ein Blättlein im Winde von oben bis unten. Die Herren schauten einander in großem Erstaunen an.

„Ich glaube wahrhaftig, Sesemann, es ist deine kleine Wasserträgerin“, sagte der Doktor.

„Kind, was soll das heißen?“, fragte nun Herr Sesemann. „Was wolltest du tun? Warum bist du hier heruntergekommen?“

Schneeweiß vor Schrecken stand Heidi vor ihm und sagte fast tonlos: „Ich weiß nicht.“

Jetzt trat der Doktor vor: „Sesemann, der Fall gehört in mein Gebiet; geh, setz dich einstweilen in deinen Lehnstuhl drinnen, ich will vor allem das Kind hinbringen, wo es hingehört.“

Damit legte er seinen Revolver auf den Boden, nahm das zitternde Kind ganz väterlich bei der Hand und ging mit ihm der Treppe zu.

„Nicht fürchten, nicht fürchten“, sagte er freundlich im Hinaufsteigen, „nur ganz ruhig sein, da ist gar nichts Schlimmes dabei, nur getrost sein.“

In Heidis Zimmer eingetreten, stellte der Doktor seinen Leuchter auf den Tisch, nahm Heidi auf den Arm, legte es in sein Bett hinein und deckte es sorgfältig zu. Dann setzte er sich auf den Sessel am Bett und wartete, bis Heidi ein wenig beruhigt war und nicht mehr an allen Gliedern bebte. Dann nahm er das Kind bei der Hand und sagte begütigend: „So, nun ist alles in Ordnung, nun sag mir auch noch, wo wolltest du denn hin?“

„Ich wollte gewiss nirgends hin“, versicherte Heidi; „ich bin auch gar nicht selbst hinuntergegangen, ich war nur auf einmal da.“

„So, so, und hast du etwa geträumt in der Nacht, weißt du, so, dass du deutlich etwas sahst und hörtest?“

„Ja, jede Nacht träumt es mir und immer gleich. Dann mein ich, ich sei beim Großvater, und draußen hör ich's in den Tannen sausen und denke:

Jetzt glitzern so schön die Sterne am Himmel, und ich laufe geschwind und mache die Tür auf an der Hütte und da ist's so schön! Aber wenn ich erwache, bin ich immer noch in Frankfurt." Heidi fing schon an zu kämpfen und zu schlucken an dem Gewicht, das den Hals hinaufstieg.

„Hm, und tut dir denn auch nichts weh, nirgends? Nicht im Kopf oder im Rücken?"

„O nein, nur hier drückt es so wie ein großer Stein immerfort."

„Hm, etwa so, wie wenn man etwas gegessen hat und wollte es nachher lieber wieder zurückgeben?"

„Nein, so nicht, aber so schwer, wie wenn man stark weinen sollte."

„So, so, und weinst du denn so recht heraus?"

„O nein, das darf man nicht, Fräulein Rottenmeier hat es verboten."

„Dann schluckst du's herunter zum andern, nicht wahr, so? Richtig! Nun, du bist doch recht gern in Frankfurt, nicht?"

„O ja", war die leise Antwort; sie klang aber so, als bedeute sie eher das Gegenteil.

„Hm, und wo hast du mit deinem Großvater gelebt?"

„Immer auf der Alm."

„So, da ist's doch nicht so besonders kurzweilig, eher ein wenig langweilig, nicht?"

„O nein, da ist's so schön, so schön!" Heidi konnte nicht weiter; die Erinnerung, die eben durchgemachte Aufregung, das lang verhaltene Weinen überwältigten die Kräfte des Kindes; gewaltsam stürzten ihm die Tränen aus den Augen und es brach in ein lautes, heftiges Schluchzen aus.

Der Doktor stand auf; er legte freundlich Heidis Kopf auf das Kissen nieder und sagte: „So, noch ein klein wenig weinen, das kann nichts schaden, und dann schlafen, ganz fröhlich einschlafen; morgen wird alles gut." Dann verließ er das Zimmer.

Wieder unten in die Wachtstube eingetreten, ließ er sich dem harrenden Freunde gegenüber in den Lehnstuhl nieder und erklärte dem mit gespannter Erwartung Lauschenden: „Sesemann, dein kleiner Schützling ist erstens mondsüchtig; völlig unbewusst hat er dir allnächtlich als Gespenst die Haustür aufgemacht und deiner ganzen Mannschaft die Fieber des Schreckens ins Gebein gejagt. Zweitens wird das Kind vom Heimweh verzehrt, so dass es schon jetzt fast zum Geripplein abgemagert ist und es noch völlig werden würde; also schnelle Hilfe! Für das erste Übel und die in hohem Grade stattfindende Nervenaufregung gibt es nur ein Heilmittel, nämlich, dass du sofort das Kind in die heimatliche Bergluft zurückversetzest; für das zweite gibt's ebenfalls nur *eine* Medizin, nämlich ganz dieselbe. Demnach reist das Kind morgen ab, das ist mein Rezept."

Herr Sesemann war aufgestanden. In größter Aufregung lief er das Zimmer auf und ab; jetzt brach er aus: „Mondsüchtig! Krank! Heimweh! Abgemagert in meinem Hause! Das alles in meinem Hause! Und niemand sieht zu und weiß etwas davon! Und du, Doktor, du meinst, das Kind, das frisch und gesund in mein Haus gekommen ist, schicke ich elend und abgemagert seinem Großvater zurück? Nein, Doktor, das kannst du nicht verlangen, das tu ich nicht, das werde ich nie tun. Jetzt nimm das Kind in die Hand, mach Kuren mit ihm, mach, was du willst, aber mach es mir heil und gesund, dann will ich es heimschicken, wenn es will; aber erst hilf du!"

„Sesemann", entgegnete der Doktor ernsthaft, „bedenke, was du tust! Dieser Zustand ist keine Krankheit, die man mit Pulvern und Pillen heilt. Das Kind hat keine zähe Natur, indessen, wenn du es jetzt gleich wieder in die kräftige Bergluft hinaufschickst, an die es gewöhnt ist, so kann es wieder völlig gesunden; wenn nicht – du willst nicht, dass das Kind dem Großvater unheilbar oder gar nicht mehr zurückkomme?"

Herr Sesemann war erschrocken stehen geblieben: „Ja, wenn du so redest, Doktor, dann ist nur *ein* Weg, dann muss sofort gehandelt werden." Mit diesen Worten nahm Herr Sesemann den Arm seines Freundes und wanderte mit ihm hin und her, um die Sache noch weiter zu besprechen. Dann brach der Doktor auf, um nach Hause zu gehen, denn es war unterdessen viel Zeit vergangen, und durch die Haustür, die diesmal vom Herrn des Hauses aufgeschlossen wurde, drang schon der helle Morgenschimmer herein.

Am Sommerabend die Alm hinan

Herr Sesemann stieg in großer Erregtheit die Treppe hinauf und wanderte mit festem Schritt zum Schlafgemach der Dame Rottenmeier. Hier klopfte er so ungewöhnlich kräftig an die Tür, dass die Bewohnerin mit einem Schreckensruf aus dem Schlaf auffuhr. Sie hörte die Stimme des Hausherrn draußen: „Bitte sich zu beeilen und im Esszimmer zu erscheinen, es muss sofort eine Abreise vorbereitet werden."

Fräulein Rottenmeier schaute auf ihre Uhr, es war halb fünf des Morgens; zu solcher Stunde war sie in ihrem Leben noch nie aufgestanden. Was konnte nur vorgefallen sein? Vor Neugierde und angstvoller Erwartung nahm sie alles verkehrt in die Hand und kam durchaus nicht vorwärts, denn was sie einmal auf den Leib gebracht hatte, suchte sie nachher rastlos im Zimmer herum.

Unterdessen ging Herr Sesemann den Korridor entlang und zog mit aller Kraft an jedem Glockenzug, der je für die verschiedenen Glieder der Dienerschaft angebracht war, so dass in jedem der betreffenden Zimmer eine Schreckensgestalt aus dem Bett sprang und verkehrt in die Kleider fuhr, denn einer wie der andere dachte sogleich, das Gespenst habe irgendwie den Hausherrn gepackt und dies sei sein Hilferuf. So kamen sie nach und nach, einer schauerlicher aussehend als der andere, herunter und stellten sich mit Erstaunen vor den Hausherrn hin, denn dieser ging frisch und munter im Esszimmer auf und ab und sah keineswegs aus, als habe ihn ein Gespenst erschreckt. Johann wurde sofort hingeschickt, Pferde und Wagen in Ordnung zu bringen und sie nachher vorzuführen. Tinette erhielt den Auftrag, sogleich Heidi aufzuwecken und es in den Stand zu stellen, eine Reise anzutreten. Sebastian erhielt den Auftrag, nach dem Hause zu eilen, wo Heidis Base im Dienst stand, und diese herbeizuholen. Fräulein Rottenmeier war unterdessen zurechtgekommen mit ihrem Anzug, und alles saß, wie es musste, nur die Haube saß verkehrt auf dem Kopf, so dass es von weitem aussah, als sitze ihr das Gesicht auf dem Rücken. Herr Sesemann schrieb den rätselhaften Anblick dem frühen Schlafbrechen zu und ging unverweilt an die Geschäftsverhandlungen. Er erklärte der Dame, sie habe ohne Zögern einen Koffer zur Stelle zu schaffen, die sämtliche Habe des Schweizerkindes hineinzupacken – so nannte Herr Sesemann gewöhnlich das Heidi, dessen Name ihm etwas ungewohnt war –, dazu noch einen guten Teil von Klaras Zeug, damit das Kind was Rechtes mitbringe; es müsse aber alles schnell und ohne langes Besinnen vor sich gehen.

Fräulein Rottenmeier blieb vor Überraschung wie in den Boden eingewurzelt stehen und starrte Herrn Sesemann an. Sie hatte erwartet, er wolle ihr im Vertrauen die Mitteilung einer schauerlichen Geistergeschichte machen, die er in der Nacht erlebt und die sie eben jetzt bei dem hellen Morgenlicht nicht ungern gehört hätte; stattdessen diese völlig prosaischen und dazu noch sehr unbequemen Aufträge. So schnell konnte sie das Unerwartete nicht bewältigen. Sprachlos stand sie immer noch da und erwartete ein Weiteres.

Aber Herr Sesemann hatte keine Erklärungen im Sinn; er ließ die Dame stehen, wo sie stand, und ging nach dem Zimmer seiner Tochter. Wie er vermutet hatte, war diese durch die ungewöhnliche Bewegung im Hause wach geworden und lauschte nach allen Seiten hin, was wohl vorgehe. Der Vater setzte sich nun an ihr Bett und erzählte ihr den ganzen Verlauf der Geistererscheinung und dass Heidi nach des Doktors Ausspruch sehr angegriffen sei und wohl nach und nach seine nächtlichen Wanderungen ausdehnen, vielleicht gar das Dach besteigen würde, was dann mit den höchsten Gefahren verbunden wäre. Er habe also beschlossen, das Kind sofort heimzuschicken, denn solche Verantwortung könne er nicht auf sich nehmen, und Klara müsse sich dareinfinden, sie sehe ja ein, dass es nicht anders sein könne.

Klara war sehr schmerzlich überrascht von der Mitteilung und wollte erst allerlei Auswege finden, aber es half nichts, der Vater blieb fest bei seinem Entschluss, versprach aber, im nächsten Jahre mit Klara nach der Schweiz zu reisen, wenn sie nun recht vernünftig sei und keinen Jammer erhebe. So ergab sich Klara in das Unvermeidliche, begehrte aber zum Ersatz, dass der Koffer für Heidi in ihr Zimmer gebracht und da gepackt werde, damit sie hineinstecken könne, was ihr Freude mache, was der Papa sehr gern bewilligte, ja er ermunterte Klara noch, dem Kinde eine schöne Aussteuer zurechtzumachen. Unterdessen war die Base Dete angelangt und stand in großer Erwartung im Vorzimmer, denn dass sie um diese ungewöhnliche Zeit einberufen worden war, musste etwas Außerordentliches bedeuten. Herr Sesemann trat zu ihr heraus und erklärte ihr, wie es mit Heidi stehe und dass er wünsche, sie möchte das Kind sofort, gleich heute noch, nach Hause bringen. Die Base sah sehr enttäuscht aus; diese Nachricht hatte sie nicht erwartet. Sie erinnerte sich auch noch recht wohl der Worte, die ihr der Öhi mit auf den Weg gegeben hatte, dass sie ihm nie mehr vor die Augen kommen solle, und so das Kind dem Alten einmal bringen und dann nehmen und dann wiederbringen, das schien ihr nicht ganz geraten zu sein. Sie besann sich also nicht lange, sondern sagte mit großer Beredsamkeit, heute wäre es ihr leider völlig unmöglich, die Reise anzutreten, und morgen könnte sie noch weniger daran denken, und die Tage darauf wäre es am allerunmöglichsten, um der darauf folgenden Geschäfte willen, und nachher könnte sie dann gar nicht mehr. Herr Sesemann verstand die Sprache und entließ die Base ohne weiteres. Nun ließ er den Sebastian vortreten und erklärte ihm, er habe sich unverzüglich zur Reise zu rüsten; heute habe er mit dem Kinde bis nach Basel zu fahren, morgen bringe er es heim. Dann könne er sogleich wieder umkehren, zu berichten habe er nichts, ein Brief an den Großvater werde diesem alles erklären.

„Nun aber noch eine Hauptsache, Sebastian", schloss Herr Sesemann, „und dass Er mir das pünktlich besorgt! Den Gasthof in Basel, den ich Ihm hier auf meine Karte geschrieben, kenne ich. Er weist meine Karte vor, dann wird Ihm ein gutes Zimmer angewiesen werden für das Kind; für sich selbst wird Er schon sorgen. Dann geht Er erst in des Kindes Zimmer hinein und verrammelt alle Fenster so vollständig, dass nur große Gewalt sie aufzubringen vermöchte. Ist das Kind zu Bett, so geht Er und schließt von außen die Tür ab, denn das Kind wandert herum in der Nacht und könnte Gefahr laufen in dem fremden Haus, wenn es etwa hinausginge und die Haustür aufmachen wollte; versteht Er das?"

„Ah! Ah! Ah! Das war's? So war's?", stieß Sebastian jetzt in größter Verwunderung aus, denn es war ihm eben ein großes Licht aufgegangen über die Geistererscheinung.

„Ja, so war's! Das war's! Und Er ist ein Hasenfuß, und dem Johann kann Er sagen, er sei desgleichen und alle miteinander eine lächerliche Mannschaft." Damit ging Herr Sesemann nach seiner Stube, setzte sich hin und schrieb einen Brief an den Alm-Öhi.

Sebastian war verdutzt mitten im Zimmer stehen geblieben und wiederholte jetzt zu öfteren Malen in seinem Innern: „Hätt ich mich doch von dem Feigling von einem Johann nicht in die Wachtstube hineinreißen lassen, sondern wäre dem weißen Figürchen nachgegangen, was ich doch jetzt unzweifelhaft tun würde!", denn jetzt beleuchtete die helle Sonne jeden Winkel der hellgrauen Stube mit voller Klarheit.

Unterdessen stand Heidi völlig ahnungslos in seinem Sonntagsröckchen und wartete ab, was geschehen sollte, denn die Tinette hatte es nur aus dem Schlafe aufgerüttelt, die Kleider aus dem Schrank genommen und das Anziehen gefördert, ohne ein Wort zu sagen. Sie sprach niemals mit dem ungebildeten Heidi, denn das war ihr zu gering.

Herr Sesemann trat mit seinem Brief ins Esszimmer ein, wo das Frühstück bereitstand, und rief: „Wo ist das Kind?"

Heidi wurde gerufen. Als es zu Herrn Sesemann herantrat, um ihm „guten Morgen" zu sagen, schaute er ihm fragend ins Gesicht: „Nun, was sagst du denn dazu, Kleine?"

Heidi blickte verwundert zu ihm auf.

„Du weißt am Ende noch gar nichts", lachte Herr Sesemann. „Nun, heut gehst du heim, jetzt gleich."

„Heim?", wiederholte Heidi tonlos und wurde schneeweiß, und eine kleine Weile konnte es gar keinen Atem mehr holen, so stark wurde sein Herz von dem Eindruck gepackt.

„Nun, willst du etwa nichts wissen davon?", fragte Herr Sesemann lächelnd.

„O ja, ich will schon", kam jetzt heraus, und nun war Heidi dunkelrot geworden.

„Gut, gut", sagte Herr Sesemann ermunternd, indem er sich setzte und Heidi winkte, dasselbe zu tun. „Und nun tüchtig frühstücken und hernach in den Wagen und fort."

Aber Heidi konnte keinen Bissen herunterbringen, wie es sich auch zwingen wollte aus Gehorsam; es war in einem Zustand von Aufregung, dass es gar nicht wusste, ob es wache oder träume und ob es vielleicht wieder auf einmal erwachen und im Nachthemdchen an der Haustür stehen werde.

„Sebastian soll reichlich Proviant mitnehmen", rief Herr Sesemann Fräulein Rottenmeier zu, die eben eintrat; „das Kind kann nicht essen, begreiflicherweise. – Geh hinüber zu Klara, bis der Wagen vorfährt", setzte er freundlich, zu Heidi gewandt, hinzu.

Das war Heidis Wunsch: Es sprang hinüber. Mitten in Klaras Zimmer war ein ungeheurer Koffer zu sehen, noch stand dessen Deckel weit offen.

„Komm, Heidi, komm", rief ihm Klara entgegen. „Sieh, was ich dir habe einpacken lassen, komm, freut's dich?"

Und sie nannte ihm eine ganze Menge von Dingen, Kleider und Schürzen, Tücher und Nähgerät, „und sieh hier, Heidi", und Klara hob triumphierend einen Korb in die Höhe. Heidi guckte hinein und sprang hoch auf vor Freude, denn drinnen lagen wohl zwölf schöne, weiße, runde Brötchen, alle für die Großmutter. Die Kinder vergaßen in ihrem Jubel ganz, dass nun der Augenblick komme, da sie sich trennen mussten, und als mit einem Mal der Ruf erschallte: „Der Wagen ist bereit!“ – da war keine Zeit mehr zum Traurigwerden. Heidi lief in sein Zimmer, da musste noch ein schönes Buch von der Großmama liegen, niemand konnte es eingepackt haben, denn es lag unter dem Kopfkissen, weil Heidi Tag und Nacht sich nicht davon trennen konnte. Das wurde in den Korb auf die Brötchen gelegt. Dann machte es seinen Schrank auf; noch suchte es nach einem Gute, das man vielleicht auch nicht eingepackt hatte. Richtig – auch das alte rote Tuch lag noch da, Fräulein Rottenmeier hatte es zu gering erachtet, um mit eingepackt zu werden. Heidi wickelte es um einen anderen Gegenstand und legte es zuoberst auf den Korb, so dass das rote Paket sehr sichtbar zur Erscheinung kam. Dann setzte es sein schönes Hütchen auf und verließ sein Zimmer.

Die beiden Kinder mussten sich schnell Lebewohl sagen, denn Herr Sesemann stand schon da, um Heidi nach dem Wagen zu bringen. Fräulein Rottenmeier stand oben an der Treppe, um hier Heidi zu verabschieden. Als sie das seltsame rote Bündelchen erblickte, nahm sie es schnell aus dem Korb heraus und warf es auf den Boden.

„Nein, Adelheid“, sagte sie tadelnd, „so kannst du nicht reisen von diesem Hause aus; solches Zeug brauchst du überhaupt nicht mitzuschleppen. Nun lebe wohl.“

Auf dieses Verbot hin durfte Heidi sein Bündelchen nicht wieder aufnehmen, aber es schaute mit einem flehentlichen Blick zu dem Hausherrn auf, so, als wollte man ihm seinen größten Schatz nehmen.

„Nein, nein“, sagte Herr Sesemann in sehr bestimmtem Tone, „das Kind soll mit heimtragen, was ihm Freude macht, und sollte es auch junge Katzen oder Schildkröten mit fortschleppen, so wollen wir uns darüber nicht aufregen, Fräulein Rottenmeier.“

Heidi hob eilig sein Bündelchen wieder vom Boden auf, und Dank und Freude leuchteten ihm aus den Augen. Unten am Wagen reichte Herr Sesemann dem Kinde die Hand und sagte ihm mit freundlichen Worten, sie würden seiner gedenken, er und seine Tochter Klara; er wünschte ihm alles Gute auf den Weg, und Heidi dankte recht schön für alle Guttaten, die ihm zuteil geworden waren, und zum Schluss sagte es: „Und den Herrn Doktor lasse ich tausendmal grüßen und ihm auch vielmals danken." Denn es hatte sich wohl gemerkt, wie er gestern Abend gesagt hatte: „Und morgen wird alles gut." Nun war es so gekommen, und Heidi dachte, er habe dazu geholfen.

Jetzt wurde das Kind in den Wagen gehoben und der Korb und die Proviantasche und der Sebastian kamen nach. Herr Sesemann rief noch einmal freundlich: „Glückliche Reise!", und der Wagen rollte davon.

Bald nachher saß Heidi in der Eisenbahn und hielt unbeweglich seinen Korb auf dem Schoße fest, denn es wollte ihn nicht einen Augenblick aus den Händen lassen, seine kostbaren Brötchen für die Großmutter waren ja darin, die musste es sorgfältig hüten und von Zeit zu Zeit einmal wieder ansehen und sich freuen darüber. Heidi saß mäuschenstille während mehrerer Stunden, denn erst jetzt kam es recht zum Bewusstsein, dass es auf dem Wege sei heim zum Großvater, auf die Alm, zur Großmutter, zum Geißenpeter, und nun kam ihm alles vor Augen, eins nach dem anderen, was es wieder sehen werde und wie alles aussehen werde daheim, und dabei stiegen ihm wieder neue Gedanken auf, und auf einmal sagte es ängstlich: „Sebastian, ist auch sicher die Großmutter auf der Alm nicht gestorben?"

„Nein, nein", beruhigte dieser, „wollen's nicht hoffen, wird schon noch am Leben sein."

Dann fiel Heidi wieder in sein Sinnen zurück; nur hier und da guckte es einmal in seinen Korb hinein, denn alle die Brötchen der Großmutter auf den Tisch legen war sein Hauptgedanke. Nach längerer Zeit sagte es wieder: „Sebastian, wenn man nur auch ganz sicher wissen könnte, dass die Großmutter noch am Leben ist."

„Jawohl! Jawohl!", entgegnete der Begleiter halb schlafend; „Wird schon noch leben, wüsste auch gar nicht, warum nicht."

Nach einiger Zeit drückte der Schlaf auch Heidis Augen zu, und nach der vergangenen unruhigen Nacht und dem frühen Aufstehen war es so schlafbedürftig, dass es erst wieder erwachte, als Sebastian es tüchtig am

Arm schüttelte und ihm zurief: „Erwachen! Erwachen! Gleich aussteigen, in Basel angekommen!“

Am folgenden Morgen ging's weiter, viele Stunden lang. Heidi saß wieder mit seinem Korb auf dem Schoß, den es um keinen Preis dem Sebastian übergeben wollte; aber heute sagte es gar nichts mehr, denn nun wurde mit jeder Stunde die Erwartung gespannter. Dann auf einmal, als Heidi gar nicht daran dachte, ertönte laut der Ruf: „Maienfeld!“ Es sprang von seinem Sitz auf, und dasselbe tat Sebastian, der auch überrascht worden war. Jetzt standen sie draußen, der Koffer mit ihnen, und der Bahnzug pfiff weiter ins Tal hinein. Sebastian sah ihm wehmütig nach, denn er wäre viel lieber so sicher und ohne Mühe weitergereist, als dass er nun eine Fußpartie unternehmen sollte, die dazu noch mit einer Bergbesteigung enden musste, die sehr beschwerlich und dazu gefahrvoll sein konnte in diesem Lande, wo doch alles noch halb wild war, wie Sebastian annahm. Er schaute daher sehr vorsichtig um sich, wen er etwa beraten könnte über den sichersten Weg nach dem „Dörfli“. Unweit des kleinen Stationsgebäudes stand ein kleiner Leiterwagen mit einem mageren Rösslein davor; auf diesen wurden von einem breitschultrigen Manne ein paar große Säcke aufgeladen, die mit der Bahn hergebracht worden waren. Sebastian trat zu ihm heran und brachte seine Frage nach dem sichersten Weg zum Dörfli vor.

„Hier sind alle Wege sicher“, war die kurze Antwort.

Jetzt fragte Sebastian nach dem besten Wege, auf dem man gehen könne, ohne in die Abgründe zu stürzen, und auch wie man einen Koffer nach dem betreffenden Dörfli befördern könnte. Der Mann schaute nach dem Koffer hin und maß ihn ein wenig mit den Augen; dann erklärte er, wenn das Ding nicht zu schwer sei, so wolle er es auf seinen Wagen nehmen, da er selbst nach dem Dörfli fahre, und so gab noch ein Wort das andere, und endlich kamen die beiden überein, der Mann solle Kind und Koffer mit auf seinen Wagen nehmen, und nachher vom Dörfli aus könne das Kind am Abend mit irgendjemand auf die Alm geschickt werden.

„Ich kann allein gehen, ich weiß schon den Weg vom Dörfli auf die Alm", sagte hier Heidi, das mit Aufmerksamkeit der Verhandlung zugehört hatte. Dem Sebastian fiel eine schwere Last vom Herzen, als er sich so auf einmal seiner Aussicht auf das Bergklettern entledigt sah. Er winkte nun Heidi geheimnisvoll auf die Seite und überreichte ihm hier eine schwere Rolle und einen Brief an den Großvater und erklärte ihm, die Rolle sei ein Geschenk von Herrn Sesemann, die müsse aber zuunterst in den Korb gesteckt werden, noch unter die Brötchen, und darauf müsse genau Acht gegeben werden, dass sie nicht verloren gehe, denn darüber würde Herr Sesemann ganz fürchterlich böse und sein Leben lang nie mehr gut werden; das sollte das Mamsellchen nur ja bedenken.

„Ich verliere sie schon nicht", sagte Heidi zuversichtlich und steckte die Rolle samt dem Brief zuallerunterst in den Korb hinein. Nun wurde der Koffer aufgeladen, und nachher hob Sebastian Heidi samt seinem Korb auf den hohen Sitz empor, reichte ihm seine Hand hinauf zum Abschied und ermahnte es noch einmal mit allerlei Zeichen, auf den Inhalt des Korbes ein Auge zu haben; denn der Führer war noch in der Nähe, und Sebastian war vorsichtig, besonders jetzt, da er wusste, er hätte eigentlich selbst das Kind an Ort und Stelle bringen sollen. Der Führer schwang sich jetzt neben Heidi auf den Sitz hinauf, und der Wagen rollte den Bergen zu, während Sebastian, froh über seine Befreiung von der gefürchteten Bergreise, sich am Stationshäuschen niedersetzte, um den zurückgehenden Bahnzug abzuwarten.

Der Mann auf dem Wagen war der Bäcker vom Dörfli, welcher seine Mehlsäcke nach Hause fuhr. Er hatte Heidi nie gesehen, aber wie jedermann im Dörfli wusste er von dem Kinde, das man dem Alm-Öhi gebracht hatte; auch hatte er Heidis Eltern gekannt und sich gleich vorgestellt, er werde es mit dem viel besprochenen Kinde hier zu tun haben. Es wunderte ihn nun ein wenig, warum das Kind schon wieder heimkommen und während der Fahrt fing er nun mit Heidi ein Gespräch an: „Du wirst das Kind sein, das oben beim Alm-Öhi war, beim Großvater?"

„Ja."

„So ist es dir schlecht gegangen, dass du schon wieder von so weit her heimkommst?“

„Nein, das ist es mir nicht; kein Mensch kann es so gut haben, wie man es in Frankfurt hat.“

„Warum läufst du denn heim?“

„Nur weil es mir der Herr Sesemann erlaubt hat, sonst wär ich nicht heimgelaufen.“

„Pah, warum bist du denn aber nicht lieber dort geblieben, wenn man dir's erlaubt hat, heimzugehen?“

„Weil ich tausendmal lieber heimwill zum Großvater auf die Alm als sonst alles auf der Welt.“

„Denkst vielleicht anders, wenn du hinaufkommst“, brummte der Bäcker; „nimmt mich aber doch wunder“, sagte er dann zu sich selbst, „es kann wissen, wie's ist.“

Nun fing er an zu pfeifen und sagte nichts mehr, und Heidi schaute um sich und fing an innerlich zu zittern vor Erregung, denn es erkannte die Bäume am Wege, und drüben standen die hohen Zacken des Falknis-Berges und schauten zu ihm herüber, so als grüßten sie es wie gute alte Freunde; und Heidi grüßte wieder, und mit jedem Schritt vorwärts wurde Heidis Erwartung gespannter, und es meinte, es müsse vom Wagen herunterspringen und aus allen Kräften laufen, bis es ganz oben wäre. Aber es blieb doch still sitzen und rührte sich nicht, aber alles zitterte an ihm. Jetzt fuhren sie im Dörfli ein, eben schlug die Glocke fünf Uhr. Augenblicklich sammelte sich eine Gesellschaft von Kindern und Frauen um den Wagen herum, und ein paar Nachbarn traten auch noch herzu, denn der Koffer und das Kind auf des Bäckers Wagen hatten die Aufmerksamkeit aller Umwohnenden auf sich gezogen, und jeder wollte wissen, woher und wohin und wem beide zugehörten. Als der Bäcker Heidi heruntergehoben hatte, sagte es eilig: „Danke, der Großvater holt dann schon den Koffer“, und wollte davonrennen. Aber von allen Seiten wurde es festgehalten, und eine Menge von Stimmen fragten alle auf einmal, jede etwas Eigenes. Heidi drängte sich mit einer solchen Angst auf dem Gesichte durch die Leute, dass man ihm unwillkürlich Platz machte und es laufen ließ, und einer sagte zum anderen: „Du siehst ja, wie es sich fürchtet, es hat auch alle Ursache." Und dann fingen sie noch an, sich zu erzählen, wie der Alm-Öhi seit einem Jahr noch viel ärger geworden sei als vorher und mit keinem Menschen mehr ein Wort rede und ein Gesicht mache, als wolle er am liebsten jeden umbringen, der ihm in den Weg komme, und wenn das Kind auf der ganzen Welt noch wüsste wohin, so liefe es nicht in das alte Drachennest hinauf. Aber hier fiel der Bäcker in das Gespräch ein und sagte, er werde wohl mehr wissen als sie alle, und erzählte dann sehr geheimnisvoll, wie ein Herr das Kind bis nach Maienfeld gebracht und es ganz freundlich entlassen habe und auch gleich ohne Markten ihm den geforderten Fahrpreis und dazu noch ein Trinkgeld gegeben habe, und überhaupt könne er sicher sagen, dass es dem Kind wohl genug gewesen sei, wo es war, und es selbst begehrt habe, zum Großvater zurückzugehen. Diese Nachricht brachte eine große Verwunderung hervor und wurde nun gleich im ganzen Dörfli so verbreitet, dass noch am gleichen Abend kein Haus daselbst war, in dem man nicht davon redete, dass das Heidi aus allem Wohlleben zum Großvater zurückbegehrt habe.

Heidi lief vom Dörfli bergan, so schnell es nur konnte; von Zeit zu Zeit musste es aber plötzlich stille stehen, denn es hatte ganz den Atem verloren; sein Korb am Arm war doch ziemlich schwer, und dazu ging es nun immer steiler, je höher hinauf es ging. Heidi hatte nur noch einen Gedanken: „Wird auch die Großmutter noch auf ihrem Plätzchen sitzen am Spinnrad in der Ecke, ist sie auch nicht gestorben unterdessen?" Jetzt erblickte Heidi die Hütte oben in der Vertiefung an der Alm, sein Herz fing an zu klopfen, Heidi rannte noch mehr, immer mehr und immer lauter schlug ihm das Herz. Jetzt war es oben – vor Zittern konnte es fast die Tür nicht aufmachen – doch jetzt – es sprang hinein bis mitten in die kleine Stube und stand da, völlig außer Atem, und brachte keinen Ton hervor.

„Ach du mein Gott“, tönte es aus der Ecke hervor, „so sprang unser Heidi herein, ach, wenn ich es noch ein Mal im Leben bei mir haben könnte! Wer ist hereingekommen?“

„Da bin ich ja, Großmutter, da bin ich ja“, rief Heidi jetzt und stürzte nach der Ecke und gleich auf seine Knie zu der Großmutter heran, fasste ihren Arm und ihre Hände und legte sich an sie und konnte vor Freude gar nichts mehr sagen. Erst war die Großmutter so überrascht, dass auch sie kein Wort hervorbringen konnte; dann fuhr sie mit der Hand streichelnd über Heidis Kraushaare hin, und nun sagte sie ein Mal über das andere: „Ja, ja, das sind seine Haare und es ist ja seine Stimme, ach du lieber Gott, dass du mich das noch erleben lässt!“ Und aus den blinden Augen fielen ein paar große Freudentränen auf Heidis Hand nieder. „Bist du's auch, Heidi, bist du auch sicher wieder da?“

„Ja, ja, sicher, Großmutter“, rief Heidi nun mit aller Zuversicht, „weine nur nicht, ich bin ganz gewiss wieder da und komme alle Tage zu dir und gehe nie wieder fort, und du musst auch manchen Tag kein hartes Brot mehr essen, siehst du, Großmutter, siehst du?“

Und Heidi packte nun aus seinem Korb ein Brötchen nach dem andern aus, bis es alle zwölf auf dem Schoß der Großmutter aufgehäuft hatte.

„Ach Kind! Ach Kind! Was bringst du denn für einen Segen mit!“, rief die Großmutter aus, als es nicht enden wollte mit den Brötchen und immer noch eines folgte. „Aber der größte Segen bist du mir doch selber, Kind!“ Dann griff sie wieder in Heidis krause Haare und strich über seine heißen Wangen und sagte wieder: „Sag noch ein Wort, Kind, sag noch etwas, dass ich dich hören kann.“

Heidi erzählte nun der Großmutter, welche große Angst es habe ausstehen müssen, sie sei vielleicht gestorben unterdessen und habe nun gar nie die weißen Brötchen bekommen, und es könne nie, nie mehr zu ihr gehen.

Jetzt trat Peters Mutter herein und blieb einen Augenblick unbeweglich stehen vor Erstaunen. Dann rief sie: „Sicher, es ist das Heidi, wie kann auch das sein!“

Heidi stand auf und gab ihr die Hand, und die Brigitte konnte sich gar nicht genug verwundern darüber, wie Heidi aussehe, und ging um das Kind herum und sagte: „Großmutter, wenn du doch nur sehen könntest, was für ein schönes Röcklein das Heidi hat und wie es aussieht; man kennt es fast nicht mehr. Und das Federnhütlein auf dem Tisch gehört dir auch noch? Setz es doch einmal auf, so kann ich sehen, wie du drin aussiehst."

„Nein, ich will nicht", erklärte Heidi, „du kannst es haben, ich brauche es nicht mehr, ich habe schon noch mein eigenes." Damit machte Heidi sein rotes Bündelchen auf und nahm sein altes Hütchen daraus hervor, das auf der Reise zu den Knicken, die es schon vorher gehabt, noch einige bekommen hatte. Aber das kümmerte das Heidi wenig; es hatte ja nicht vergessen, wie der Großvater beim Abschied nachgerufen hatte, in einem Federnhut wolle er es niemals sehen; darum hatte Heidi sein Hütchen so sorgfältig aufgehoben, denn es dachte ja immer ans Heimgehen zum Großvater. Aber die Brigitte sagte, so einfältig müsse es nicht sein, es sei ja ein prächtiges Hütchen, das nehme sie nicht; man könnte es ja etwa dem Töchterlein vom Lehrer im Dörfli verkaufen und noch viel Geld bekommen, wenn es das Hütlein nicht tragen wolle. Aber Heidi blieb bei seinem Vorhaben und legte das Hütchen leise hinter die Großmutter in den Winkel, wo es ganz verborgen war. Dann zog Heidi auf einmal sein schönes Röcklein aus, und über das Unterröckchen, in dem es nun mit bloßen Armen dastand, band es das rote Halstuch, und nun fasste es die Hand der Großmutter und sagte: „Jetzt muss ich heim zum Großvater, aber morgen komm ich wieder zu dir; gute Nacht, Großmutter."

„Ja, komm auch wieder, Heidi, komm auch morgen wieder", bat die Großmutter und drückte seine Hand zwischen den ihrigen und konnte das Kind fast nicht loslassen.

„Warum hast du denn dein schönes Röcklein ausgezogen?", fragte die Brigitte.

„Weil ich lieber so zum Großvater will, sonst kennt er mich vielleicht nicht mehr, du hast mich ja auch fast nicht gekannt darin."

Die Brigitte ging noch mit Heidi vor die Tür hinaus, und hier sagte sie ein wenig geheimnisvoll zu ihm: „Den Rock hättest du schon anbehalten können, er hätte dich doch gekannt; aber sonst musst du dich in Acht nehmen; der Peterli sagt, der Alm-Öhi sei jetzt immer bös und rede kein Wort mehr."

Heidi sagte „gute Nacht" und stieg die Alm hinan mit seinem Korb am Arm. Die Abendsonne leuchtete ringsum auf die grüne Alm, und jetzt war auch drüben das große Schneefeld an der Schesaplana sichtbar geworden und strahlte herüber. Heidi musste alle paar Schritte wieder stille stehen und sich umkehren, denn die hohen Berge hatte es im Rücken beim Hinaufsteigen. Jetzt fiel ein roter Schimmer vor seinen Füßen auf das Gras, es kehrte sich um, da – so hatte es die Herrlichkeit nicht mehr im Sinn gehabt und auch nie so im Traum gesehen – die Felshörner am Falknis flammten zum Himmel auf, das weite Schneefeld glühte und rosenrote Wolken zogen darüber hin; das Gras rings auf der Alm war golden, von allen Felsen flimmerte und leuchtete es nieder und unten schwamm weithin das ganze Tal in Duft und Gold. Heidi stand mitten in der Herrlichkeit, und vor Freude und Wonne liefen ihm die hellen Tränen die Wangen herunter, und es musste die Hände falten und in den Himmel hinaufschauen und ganz laut dem lieben Gott danken, dass er es wieder heimgebracht hatte und dass alles, alles noch so schön sei und noch viel schöner, als es gewusst hatte, und dass alles wieder ihm gehöre; und Heidi war so glücklich und so reich in all der großen Herrlichkeit, dass es gar nicht Worte fand, dem lieben Gott genug zu danken. Erst als das Licht ringsum verglühte, konnte Heidi wieder von der Stelle weg; nun rannte es aber so den Berg hinan, dass es gar nicht lange dauerte, so erblickte es oben die Tannenwipfel über dem Dache und jetzt das Dach und die ganze Hütte, und auf der Bank an der Hütte saß der Großvater und rauchte sein Pfeifchen, und über die Hütte her wogten die alten Tannenwipfel und raschelten im Abendwind. Jetzt rannte das Heidi noch mehr, und bevor der Alm-Öhi nur recht sehen konnte, was da herankam, stürzte das Kind schon auf ihn hin, warf seinen Korb auf den Boden und umklammerte den

Alten, und vor Aufregung des Wiedersehens konnte es nichts sagen, als nur immer ausrufen: „Großvater! Großvater! Großvater!“

Der Großvater sagte auch nichts. Seit vielen Jahren waren ihm zum erstenmal wieder die Augen nass geworden, und er musste mit der Hand darüber fahren. Dann löste er Heidis Arme von seinem Hals, setzte das Kind auf seine Knie und betrachtete es einen Augenblick. „So, bist du wieder heimgekommen, Heidi“, sagte er dann; „wie ist das? Besonders hoffärtig siehst du nicht aus, haben sie dich fortgeschickt?“

„O nein, Großvater“, fing Heidi nun mit Eifer an, „das musst du nicht glauben, sie waren alle so gut, die Klara und die Großmama und der Herr Sesemann; aber siehst du, Großvater, ich konnte es fast gar nicht mehr aushalten, bis ich wieder bei dir daheim sein könnte, und ich habe manchmal gemeint, ich müsse ganz ersticken, so hat es mich gewürgt; aber ich habe gewiss nichts gesagt, weil es undankbar war. Aber dann auf einmal an einem Morgen rief mich der Herr Sesemann ganz früh – aber ich glaube, der Herr Doktor war schuld daran – aber es steht vielleicht alles in dem Brief“ – damit sprang Heidi auf den Boden und holte seinen Brief und seine Rolle aus dem Korb herbei und legte beide in die Hand des Großvaters.

„Das gehört dir“, sagte dieser und legte die Rolle neben sich auf die Bank. Dann nahm er den Brief und las ihn durch: Ohne ein Wort zu sagen, steckte er dann das Blatt in die Tasche.

„Meinst, du könntest auch noch Milch trinken mit mir, Heidi?“, fragte er nun, indem er das Kind bei der Hand nahm, um in die Hütte einzutreten. „Aber nimm dort dein Geld mit dir, da kannst du ein ganzes Bett daraus kaufen und Kleider für ein paar Jahre.“

„Ich brauch es gewiss nicht, Großvater“, versicherte Heidi; „ein Bett hab ich schon, und Kleider hat mir Klara so viele eingepackt, dass ich gewiss nie mehr andere brauche.“

„Nimm's, nimm's, und leg's in den Schrank, du wirst's schon einmal brauchen können.“

Heidi gehorchte und hüpfte nun dem Großvater nach in die Hütte hinein, wo es vor Freude über das Wiedersehen in alle Winkel sprang und die Leiter hinauf – aber da stand es plötzlich still und rief in Betroffenheit von oben herunter: „Oh, Großvater, ich habe kein Bett mehr!"

„Kommt schon wieder", tönte es von unten herauf, „wusste ja nicht, dass du wieder heimkommst; jetzt komm zur Milch!"

Heidi kam herunter und setzte sich auf seinen hohen Stuhl am alten Platze, und nun erfasste es sein Schüsselchen und trank mit einer Begierde, als wäre etwas so Köstliches noch nie in seinen Bereich gekommen, und als es mit einem tiefen Atemzug das Schüsselchen hinstellte, sagte es: „So gut wie unsere Milch ist doch gar nichts auf der Welt, Großvater."

Jetzt ertönte draußen ein schriller Pfiff; wie der Blitz schoss Heidi zur Tür hinaus. Da kam die ganze Schar der Geißen hüpfend, springend, Sätze machend von der Höhe herunter, mittendrin der Peter. Als er Heidi ansichtig wurde, blieb er auf der Stelle völlig wie angewurzelt stehen und starrte es sprachlos an. Heidi rief: „Guten Abend, Peter!", und stürzte mitten in die Geißen hinein: „Schwänli! Bärli! Kennt ihr mich noch?", und die Geißlein mussten seine Stimme gleich erkannt haben, denn sie rieben ihre Köpfe an Heidi und fingen an leidenschaftlich zu meckern vor Freude, und Heidi rief alle nacheinander beim Namen, und alle rannten wie wild durcheinander und drängten sich zu ihm heran; der ungeduldige Distelfink sprang hoch auf und über zwei Geißen weg, um gleich in die Nähe zu kommen, und sogar das schüchterne Schneehöppli drängte mit einem ziemlich eigensinnigen Bohren den großen Türk auf die Seite, der nun ganz verwundert über die Frechheit dastand und seinen Bart in die Luft hob, um zu zeigen, dass er es sei.

Heidi war außer sich vor Freude, alle die alten Gefährten wieder zu haben; es umarmte das kleine, zärtliche Schneehöppli wieder und wieder und streichelte den stürmischen Distelfink und wurde vor großer Liebe und Zutraulichkeit der Geißen hin und her gedrängt und geschoben, bis es nun ganz in Peters Nähe kam, der noch immer auf demselben Platze stand.

„Komm herunter, Peter, und sag mir einmal guten Abend!“, rief ihm Heidi jetzt zu.

„Bist denn wieder da?“, brachte er nun endlich in seinem Erstaunen heraus, und nun kam er herzu und nahm Heidis Hand, die dieses ihm schon lange hingehalten hatte, und nun fragte er, so wie er immer getan hatte bei der Heimkehr am Abend: „Kommst morgen wieder mit?“

„Nein, morgen nicht, aber übermorgen vielleicht, denn morgen muss ich zur Großmutter.“

„Es ist recht, dass du wieder da bist“, sagte der Peter und verzog sein Gesicht auf alle Seiten vor ungeheurem Vergnügen, dann schickte er sich zur Heimfahrt an; aber heute wurde es ihm so schwer wie noch nie mit seinen Geißen, denn als er sie endlich mit Locken und Drohen so weit gebracht hatte, dass sie sich um ihn sammelten, und Heidi, den einen Arm um Schwänlis und den andern um Bärlis Kopf gelegt, davonspazierte, da kehrten mit einem Male alle wieder um und liefen den dreien nach. Heidi musste mit seinen zwei Geißen in den Stall eintreten und die Tür zumachen, sonst wäre der Peter niemals mit seiner Herde fortgekommen. Als das Kind dann in die Hütte zurückkam, da sah es sein Bett schon wieder aufgerichtet, prächtig hoch und duftend, denn das Heu war noch nicht lange hereingeholt, und darüber hatte der Großvater ganz sorgfältig die sauberen Leintücher gebreitet. Heidi legte sich mit großer Lust hinein und schlief so herrlich, wie es ein ganzes Jahr lang nicht geschlafen hatte. Während der Nacht verließ der Großvater wohl zehnmal sein Lager und stieg die Leiter hinauf und lauschte sorgsam, ob Heidi auch schlafe und nicht unruhig werde, und suchte am Loch nach, wo sonst der Mond hereinkam auf Heidis Lager, ob auch das Heu noch fest drinnen sitze, das er hineingestopft hatte, denn von nun an durfte der Mondschein nicht mehr hereinkommen. Aber Heidi schlief in einem Zuge fort und wanderte keinen Schritt herum, denn sein großes, brennendes Verlangen war gestillt worden: Es hatte alle Berge und Felsen wieder im Abendglühen gesehen, es hatte die Tannen rauschen gehört, es war wieder daheim auf der Alm.

Am Sonntag, wenn's läutet

Heidi stand unter den wogenden Tannen und wartete auf den Großvater, der mitgehen und den Koffer vom Dörfli heraufholen wollte, während es bei der Großmutter wäre. Das Kind konnte es fast nicht erwarten, die Großmutter wieder zu sehen und zu hören, wie ihr die Brötchen geschmeckt hatten, und doch wurde ihm wieder die Zeit nicht lang, denn es konnte ja nicht genug die heimatlichen Töne von dem Tannenrauschen über ihm und das Duften und Leuchten der grünen Weiden und der goldenen Blumen darauf eintrinken.

Jetzt trat der Großvater aus der Hütte, schaute noch einmal rings um sich und sagte dann mit zufriedenem Ton: „So, nun können wir gehen."

Denn es war Sonnabend heut, und an dem Tage machte der Alm-Öhi alles sauber und in Ordnung in der Hütte, im Stall und ringsherum, das war seine Gewohnheit, und heut hatte er den Morgen dazu genommen, um gleich nachmittags mit Heidi ausziehen zu können, und so sah nun alles ringsherum gut und zu seiner Zufriedenheit aus. Bei der Geißenpeter-Hütte trennten sie sich, und Heidi sprang hinein. Schon hatte die Großmutter seinen Schritt gehört und rief ihm liebevoll entgegen: „Kommst du, Kind? Kommst du wieder?"

Dann erfasste sie Heidis Hand und hielt sie ganz fest, denn immer noch fürchtete sie, das Kind könnte ihr wieder entrissen werden. Und nun musste die Großmutter erzählen, wie die Brötchen geschmeckt hätten, und sie sagte, sie habe sich so daran erlabt, dass sie meine, sie sei heute viel kräftiger als lang nicht mehr, und Peters Mutter fügte hinzu, die Großmutter habe vor lauter Sorge, sie werde zu bald fertig damit, nur ein einziges Brötchen essen wollen, gestern und heut zusammen, und sie käme gewiss noch ziemlich zu Kräften, wenn sie so acht Tage lang hintereinander jeden Tage eines essen wollte. Heidi hörte der Brigitte mit

Aufmerksamkeit zu und blieb jetzt noch eine Zeit lang nachdenklich. Nun hatte es seinen Weg gefunden. „Ich weiß schon, was ich mache, Großmutter“, sagte es in freudigem Eifer; „ich schreibe der Klara einen Brief und dann schickt sie mir gewiss noch einmal so viel Brötchen, wie da sind, oder zweimal, denn ich hatte schon einen großen Haufen ganz gleiche im Kasten, und als man mir sie weggenommen hatte, sagte Klara, sie gebe mir gerade so viele wieder, und das tut sie schon.“

„Ach Gott“, sagte die Brigitte, „das ist eine gute Meinung; aber denk, sie werden auch hart. Wenn man nur hier und da einen übrigen Batzen hätte, der Bäcker unten im Dörfli macht auch solche, aber ich vermag kaum das schwarze Brot zu bezahlen.“

Jetzt schoss ein heller Freudenstrahl über Heidis Gesicht: „Oh, ich habe furchtbar viel Geld, Großmutter“, rief es jubelnd aus und hüpfte vor Freuden in die Höhe, „jetzt weiß ich, was ich damit mache! Alle, alle Tage musst du ein neues Brötchen haben und am Sonntage zwei, und der Peter kann sie heraufbringen vom Dörfli.“

„Nein, nein, Kind!“, wehrte die Großmutter; „das kann nicht sein, das Geld hast du nicht dazu bekommen, du musst es dem Großvater geben, er sagt dir dann schon, was du damit machen musst.“

Aber Heidi ließ sich nicht stören in seiner Freude, es jauchzte und hüpfte in der Stube herum und rief ein Mal übers andere: „Jetzt kann die Großmutter jeden Tag ein Brötchen essen und wird wieder ganz kräftig, und – oh, Großmutter“, rief es mit neuem Jubel, „wenn du dann so gesund wirst, so wird es dir gewiss auch wieder hell, es ist vielleicht nur, weil du so schwach bist.“

Die Großmutter schwieg still, sie wollte des Kindes Freude nicht trüben. Bei seinem Herumhüpfen fiel dem Heidi auf einmal das alte Liederbuch der Großmutter in die Augen, und es kam ihm ein neuer freudiger Gedanke: „Großmutter, jetzt kann ich auch ganz gut lesen; soll ich dir einmal ein Lied lesen aus deinem alten Buch?“

„O ja“, bat die Großmutter freudig überrascht; „kannst du das auch wirklich, Kind, kannst du das?“

Heidi war auf einen Stuhl geklettert und hatte das Buch mit einer dicken Staubwolke heruntergezogen, denn es hatte lange unberührt gelegen da oben; nun wischte es Heidi sauber ab, setzte sich damit auf seinen Schemel zur Großmutter hin und fragte, was es nun lesen solle.

„Was du willst, Kind, was du willst", und mit gespannter Erwartung saß die Großmutter da und hatte ihr Spinnrad ein wenig von sich geschoben.

Heidi blätterte und las leise hier und da eine Linie: „jetzt kommt etwas von der Sonne, das will ich dir lesen, Großmutter." Und Heidi begann und wurde selbst immer eifriger und immer wärmer, während es las:

„Die güldne Sonne
Voll Freud und Wonne
Bringt unsern Grenzen
Mit ihrem Glänzen
Ein herzerquickendes, liebliches Licht.

Mein Haupt und Glieder
Die lagen darnieder;
Aber nun steh ich,
Bin munter und fröhlich,
Schaue den Himmel mit meinem Gesicht.

Mein Auge schauet,
Was Gott gebauet
Zu seinen Ehren,
Und uns zu lehren,
Wie sein Vermögen sei mächtig und groß.

Und wo die Frommen
Dann sollen hinkommen,
Wenn sie mit Frieden
Von hinnen geschieden
Aus dieser Erde vergänglichem Schoß.

Alles vergehet,
Gott aber stehet
Ohn alles Wanken,
Seine Gedanken,
Sein Wort und Wille hat ewigen Grund.

Sein Heil und Gnaden
Die nehmen nicht Schaden,
Heilen im Herzen,
Die tödlichen Schmerzen,
Halten uns zeitlich und ewig gesund.

Kreuz und Elende –
Das nimmt ein Ende,
Nach Meeresbrausen
Und Windessausen
Leuchtet der Sonne erwünschtes Gesicht.

Freude die Fülle
Und selige Stille
Darf ich erwarten
Im himmlischen Garten,
Dahin sind meine Gedanken gericht'."

Die Großmutter saß still da mit gefalteten Händen, und ein Ausdruck unbeschreiblicher Freude, so wie ihn Heidi nie an ihr gesehen hatte, lag auf ihrem Gesicht, obschon ihr die Tränen die Wangen herabliefen. Als Heidi schwieg, bat sie mit Verlangen: „Oh, noch einmal, Heidi, lass es mich noch einmal hören:

„Kreuz und Elende
Das nimmt ein Ende" –"

Und das Kind fing noch einmal an und las in eigener Freude und Verlangen:

„Kreuz und Elende –
Das nimmt ein Ende,
Nach Meeresbrausen
Und Windessausen
Leuchtet der Sonne erwünschtes Gesicht.

Freude die Fülle
Und selige Stille
Darf ich erwarten
Im himmlischen Garten,
Dahin sind meine Gedanken gericht'."

„O Heidi, das macht hell! Das macht so hell im Herzen! Oh, wie hast du mir wohl gemacht, Heidi!"

Ein Mal ums andere sagte die Großmutter die Worte der Freude, und Heidi strahlte vor Glück und musste sie nur immer ansehen, denn so hatte es die Großmutter nie gesehen. Sie hatte gar nicht mehr das alte trübselige Gesicht, sondern schaute so freudig und dankend auf, als sähe sie schon mit neuen, hellen Augen in den schönen himmlischen Garten hinein.

Jetzt klopfte es am Fenster, und Heidi sah den Großvater draußen, der ihm winkte, mit heimzukommen. Es folgte schnell, aber nicht ohne die Großmutter zu versichern, morgen komme es wieder, und auch wenn es mit Peter auf die Weide gehe, so komme es doch im halben Tag zurück; denn dass es der Großmutter wieder hell machen konnte und sie wieder fröhlich wurde, das war nun für Heidi das allergrößte Glück, das es kannte, noch viel größer, als auf der sonnigen Weide und bei den Blumen und Geißen zu sein. Die Brigitte lief dem Heidi unter die Tür nach mit Rock und Hut, dass es seine Habe mitnehme. Den Rock nahm es auf den Arm, denn der Großvater kenne es jetzt schon, dachte es bei sich; aber den Hut wies es hartnäckig zurück, die Brigitte sollte ihn nur behalten, es setze ihn nie, nie mehr auf den Kopf. Heidi war so erfüllt von seinen Erlebnissen, dass es gleich dem Großvater alles erzählen musste, was ihm das Herz erfreute, dass man die weißen Brötchen auch unten im Dörfli für die Großmutter holen könne, wenn man nur Geld habe, und dass es der Großmutter auf einmal so hell und wohl geworden war, und wie Heidi das alles zu Ende geschildert hatte, kehrte es wieder zum Ersten zurück und sagte ganz zuversichtlich: „Gelt, Großvater, wenn die Großmuttter schon nicht will, so gibst du mir doch alles Geld in der Rolle, dass ich dem Peter jeden Tag ein Stück geben kann zu einem Brötchen und am Sonntag zwei?"

„Aber das Bett, Heidi?", sagte der Großvater; „ein rechtes Bett für dich wäre gut, und nachher bleibt schon noch für manches Brötchen."

Aber Heidi ließ dem Großvater keine Ruhe und bewies ihm, dass es auf seinem Heubett viel besser schlafe, als es jemals in seinem Kissenbett in Frankfurt geschlafen habe, und bat so eindringlich und unablässig, dass der Großvater zuletzt sagte: „Das Geld ist dein, mach, was dich freut; du kannst der Großmutter manches Jahr lang Brot holen dafür."

Heidi jauchzte auf: „O juhe! Nun muss die Großmutter gar nie mehr hartes, schwarzes Brot essen, und, o Großvater! Nun ist doch alles so schön wie noch gar nie, seit wir leben!", und Heidi hüpfte hoch auf an der Hand des Großvaters und jauchzte in die Luft hinauf wie die fröhlichen Vögel des Himmels. Aber auf einmal wurde es ganz ernsthaft und sagte: „Oh, wenn nun der liebe Gott gleich auf der Stelle getan hätte, was ich so stark erbetete, dann wäre doch alles nicht so geworden, ich wäre nur gleich wieder heimgekommen und hätte der Großmutter nur wenige Brötchen gebracht und hätte ihr nicht lesen können, was ihr wohl macht; aber der liebe Gott hatte schon alles ausgedacht, so viel schöner, als ich es wusste; die Großmama hat es mir gesagt, und nun ist alles so gekommen. Oh, wie bin ich froh, dass der liebe Gott nicht nachgab, wie ich so bat und jammerte! Aber jetzt will ich immer so beten, wie die Großmama sagte, und dem lieben Gott immer danken, und wenn er etwas nicht tut, das ich erbeten will, dann will ich gleich denken: Es geht gewiss wieder wie in Frankfurt, der liebe Gott denkt gewiss etwas viel Besseres aus. Aber wir wollen auch alle Tage beten, gelt Großvater, und wir wollen es nie mehr vergessen, damit der liebe Gott uns auch nicht vergisst."

„Und wenn's einer doch täte?“, murmelte der Großvater.

„Oh, dem geht's nicht gut, denn der liebe Gott vergisst ihn dann auch und lässt ihn ganz laufen, und wenn es ihm einmal schlecht geht und er jammert, so hat kein Mensch Mitleid mit ihm, sondern alle sagen nur: Er ist ja zuerst vom lieben Gott weggelaufen, nun lässt ihn der liebe Gott auch gehen, der ihm helfen könnte.“

„Das ist wahr, Heidi, woher weißt du das?“

„Von der Großmama, sie hat mir alles erklärt.“

Der Großvater ging eine Weile schweigend weiter. Dann sagte er, seine Gedanken verfolgend, vor sich hin: „Und wenn's einmal so ist, dann ist es so; zurück kann keiner, und wen der Herrgott vergessen hat, den hat er vergessen.“

„O nein, Großvater, zurück kann einer, das weiß ich auch von der Großmama, und dann geht es so wie in der schönen Geschichte in meinem Buch, aber die weißt du nicht; jetzt sind wir aber gleich daheim, und dann wirst du schon erfahren, wie schön die Geschichte ist.“

Heidi strebte in seinem Eifer rascher und rascher die letzte Steigung hinan, und kaum waren sie oben angelangt, als es des Großvaters Hand losließ und in die Hütte hineinrannte. Der Großvater nahm den Korb von seinem Rücken, in den er die Hälfte der Sachen aus dem Koffer hineingestoßen hatte, denn den ganzen Koffer heraufzubringen wäre ihm zu schwer gewesen. Dann setzte er sich nachdenklich auf die Bank nieder. Heidi kam wieder herbeigerannt, sein großes Buch unter dem Arm: „Oh, das ist recht, Großvater, dass du schon dasitzt“, und mit einem Satz war Heidi an seiner Seite und hatte schon seine Geschichte aufgeschlagen, denn die hatte es schon so oft und immer wieder gelesen, dass das Buch von selbst aufging an dieser Stelle. Jetzt las Heidi mit großer Teilnahme von dem Sohne, der es gut hatte daheim, wo draußen auf des Vaters Feldern die schönen Kühe und Schäflein weideten und er in einem schönen Mäntelchen, auf seinen Hirtenstab gestützt, bei ihnen auf der Weide stehen und dem Sonnenuntergang zusehen konnte, wie es alles auf dem Bilde zu sehen war. „Aber auf einmal wollte er sein Hab und Gut für sich haben und sein eigener Meister sein und forderte es dem Vater ab und lief fort damit und verprasste alles. Und als er gar nichts mehr hatte, musste er hingehen und Knecht sein bei einem Bauer, der hatte aber nicht so schöne Tiere, wie auf seines Vaters Feldern waren, sondern nur Schweinlein; diese musste er hüten, und er hatte nur noch Fetzen auf sich und bekam nur von den Trebern, welche die Schweinchen aßen, ein klein wenig. Da dachte er daran, wie er es daheim beim Vater gehabt und wie gut der Vater mit ihm gewesen war und wie undankbar er gegen den Vater gehandelt hatte, und er musste weinen vor Reue und Heimweh. Und er dachte: „Ich will zu meinem Vater gehen und ihn um Verzeihung bitten und ihm sagen, ich bin nicht mehr wert, dein Sohn zu heißen, aber lass mich nur dein Tagelöhner bei dir sein." Und wie er von ferne gegen das Haus seines Vaters kam, da sah ihn der Vater und kam herausgelaufen – was meinst du jetzt, Großvater?", unterbrach sich Heidi in seinem Vorlesen; „jetzt meinst du, der Vater sei noch böse und sage zu ihm: „Ich habe dir's ja gesagt!"? Jetzt hör nur, was kommt: Und sein Vater sah ihn und es jammerte ihn und lief und fiel ihm um den Hals und küsste ihn, und der Sohn sprach zu ihm: „Vater, ich habe gesündigt gegen den Himmel und vor dir und bin nicht mehr wert, dein Sohn zu heißen." Aber der Vater sprach zu seinen Knechten: „Bringt das beste Kleid her und zieht es ihm an und gebt ihm einen Ring an seine Hand und Schuhe an die Füße, und bringt das gemästete Kalb her und schlachtet es und lasst uns essen und fröhlich sein, denn dieser mein Sohn war tot und ist wieder lebendig geworden, und er war verloren und ist wieder gefunden worden." Und sie fingen an, fröhlich zu sein."

„Ist denn das nicht eine schöne Geschichte, Großvater?", fragte Heidi, als dieser immer noch schweigend dasaß und es doch erwartet hatte, er werde sich freuen und verwundern.

„Doch, Heidi, die Geschichte ist schön", sagte der Großvater; aber sein Gesicht war so ernsthaft, dass Heidi ganz stille wurde und seine Bilder ansah. Leise schob es noch einmal sein Buch vor den Großvater hin und sagte: „Sieh, wie es ihm wohl ist", und zeigte mit seinem Finger auf das

Bild des Heimgekehrten, wie er im frischen Kleid neben dem Vater steht und wieder zu ihm gehört als sein Sohn.

Ein paar Stunden später, als Heidi längst im tiefen Schlafe lag, stieg der Großvater die kleine Leiter hinauf; er stellte sein Lämpchen neben Heidis Lager hin, so dass das Licht auf das schlafende Kind fiel. Es lag da mit gefalteten Händen, denn zu beten hatte Heidi nicht vergessen. Auf seinem rosigen Gesichtchen lag ein Ausdruck des Friedens und seligen Vertrauens, der zu dem Großvater reden musste, denn lange, lange stand er da und rührte sich nicht und wandte kein Auge von dem schlafenden Kinde ab. Jetzt faltete auch er die Hände, und halblaut sagte er mit gesenktem Haupte: „Vater, ich habe gesündigt gegen den Himmel und vor dir und bin nicht mehr wert, dein Sohn zu heißen!“ Und ein paar große Tränen rollten dem Alten die Wangen herab. –

Wenige Stunden nachher in der ersten Frühe des Tages stand der Alm-Öhi vor seiner Hütte und schaute mit hellen Augen um sich. Der Sonntagmorgen flimmerte und leuchtete über Berg und Tal. Einzelne Frühglocken tönten aus den Tälern herauf, und oben in den Tannen sangen die Vögel ihre Morgenlieder.

Jetzt trat der Großvater in die Hütte zurück. „Komm, Heidi!“, rief er auf den Boden hinauf. „Die Sonne ist da! Zieh ein gutes Röcklein an, wir wollen in die Kirche miteinander!“

Heidi machte nicht lange; das war ein ganz neuer Ruf vom Großvater, dem musste es schnell folgen. In kurzer Zeit kam es heruntergesprungen in seinem schmucken Frankfurter Röckchen. Aber voller Erstaunen blieb Heidi vor seinem Großvater stehen und schaute ihn an. „O Großvater, so hab ich dich nie gesehen“, brach es endlich aus, „und den Rock mit den silbernen Knöpfen hast du noch gar nicht getragen, oh, du bist so schön in deinem schönen Sonntagsrock.“

Der Alte blickte vergnüglich lächelnd auf das Kind und sagte: „Und du in dem deinen; jetzt komm!“ Er nahm Heidis Hand in die seine, und so wanderten sie miteinander den Berg hinunter. Von allen Seiten tönten jetzt die hellen Glocken ihnen entgegen, immer voller und reicher, je weiter sie kamen, und Heidi lauschte mit Entzücken und sagte: „Hörst du's, Großvater? Es ist wie ein großes, großes Fest."

Unten im Dörfli waren schon alle Leute in der Kirche und fingen eben zu singen an, als der Großvater mit Heidi eintrat und ganz hinten auf der letzten Bank sich niedersetzte. Aber mitten im Singen stieß der zunächst Sitzende seinen Nachbar mit dem Ellenbogen an und sagte: „Hast du das gesehen? Der Alm-Öhi ist in der Kirche!"

Und der Angestoßene stieß den Zweiten an und so fort, und in kürzester Zeit flüsterte es an allen Ecken: „Der Alm-Öhi! Der Alm-Öhi!", und die Frauen mussten fast alle einen Augenblick den Kopf umdrehen, und die meisten fielen ein wenig aus der Melodie, so dass der Vorsänger die größte Mühe hatte, den Gesang schön aufrechtzuerhalten. Aber als dann der Herr Pfarrer anfing zu predigen, ging die Zerstreutheit ganz vorüber, denn es war ein so warmes Loben und Danken in seinen Worten, dass alle Zuhörer davon ergriffen wurden, und es war, als sei ihnen allen eine große Freude widerfahren. Als der Gottesdienst zu Ende war, trat der Alm-Öhi mit dem Kinde an der Hand heraus und schritt dem Pfarrhaus zu, und alle, die mit ihm heraustraten und die schon draußen standen, schauten ihm nach, und die meisten gingen hinter ihm her, um zu sehen, ob er wirklich ins Pfarrhaus eintrete, was er tat. Dann sammelten sie sich in Gruppen zusammen und besprachen in großer Aufregung das Unerhörte, dass der Alm-Öhi in der Kirche erschienen war, und alle schauten mit Spannung nach der Pfarrhaustür, wie der Öhi wohl wieder herauskommen werde, ob in Zorn und Hader oder im Frieden mit dem Herrn Pfarrer, denn man wusste ja gar nicht, was den Alten heruntergebracht hatte und wie es eigentlich gemeint sei. Aber doch war schon bei vielen eine neue Stimmung eingetreten, und einer sagte zum andern: „Es wird wohl mit dem Alm-Öhi nicht so bös sein, wie man tut; man kann ja nur sehen, wie sorglich er das Kleine an der Hand hält." Und der andere sagte: „Das hab ich ja immer gesagt, und zum Pfarrer hinein ginge er auch nicht, wenn er so bodenschlecht wäre, sonst müsste er sich ja fürchten; man übertreibt auch viel." Und der Bäcker sagte: „Hab ich das nicht zuallererst gesagt? Seit wann läuft denn ein kleines Kind, das zu essen und zu trinken hat, was es will, und sonst alles Gute, aus alledem weg und heim zu einem Großvater, wenn der bös und wild ist und es sich zu fürchten hat vor ihm?“ Und es kam eine ganz liebevolle Stimmung gegen den Alm-Öhi auf und nahm überhand, denn jetzt nahten sich auch die Frauen herzu, und diese hatten so manches von der Geißenpeterin und der Großmutter gehört, das den Alm-Öhi ganz anders darstellte, als die allgemeine Meinung war, und das ihnen jetzt auf einmal glaublich schien, dass es mehr und mehr so wurde, als warteten sie alle da, um einen alten Freund zu bewillkommnen, der ihnen lange gemangelt hatte.

Der Alm-Öhi war unterdessen an die Tür der Studierstube getreten und hatte angeklopft. Der Herr Pfarrer machte auf und trat dem Eintretenden entgegen, nicht überrascht, wie er wohl hätte sein können, sondern so, als habe er ihn erwartet; die ungewohnte Erscheinung in der Kirche musste ihm nicht entgangen sein. Er ergriff die Hand des Alten und schüttelte sie wiederholt mit der größten Herzlichkeit, und der Alm-Öhi stand schweigend da und konnte erst kein Wort herausbringen, denn auf solchen herzlichen Empfang war er nicht vorbereitet. Jetzt fasste er sich und sagte: „Ich komme, um den Herrn Pfarrer zu bitten, dass er mir die Worte vergessen möchte, die ich zu ihm auf der Alm geredet habe, und dass er mir nicht nachtragen wolle, wenn ich widerspenstig war gegen seinen wohlmeinenden Rat. Der Herr Pfarrer hat ja in allem Recht gehabt und ich war im Unrecht, aber ich will jetzt seinem Rate folgen und auf den Winter wieder ein Quartier im Dörfli beziehen, denn die harte Jahreszeit ist nichts für das Kind dort oben, es ist zu zart, und wenn auch dann die Leute hier unten mich von der Seite ansehen, so wie einen, dem nicht zu trauen ist, so habe ich es nicht besser verdient, und der Herr Pfarrer wird es ja nicht tun.“

Die freundlichen Augen des Pfarrers glänzten vor Freude. Er nahm noch einmal des Alten Hand und drückte sie in der seinen und sagte mit Rührung: „Nachbar, Ihr seid in der rechten Kirche gewesen, noch eh Ihr in die meinige herunterkamt; des freu ich mich, und dass Ihr wieder zu uns kommen und mit uns leben wollt, soll Euch nicht gereuen, bei mir sollt Ihr als ein lieber Freund und Nachbar alle Zeit willkommen sein, und ich gedenke manches Winterabendstündchen fröhlich mit Euch zu verbringen, denn Eure Gesellschaft ist mir lieb und wert, und für das Kleine wollen wir auch gute Freunde finden.“ Und der Herr Pfarrer legte sehr freundlich seine Hand auf Heidis Krauskopf und nahm es bei der Hand und führte es hinaus, indem er den Großvater fortbegleitete, und erst draußen vor der Haustür nahm er Abschied, und nun konnten alle die herumstehenden Leute sehen, wie der Herr Pfarrer dem Alm-Öhi die Hand immer noch einmal schüttelte, gerade als wäre das sein bester Freund, von dem er sich fast nicht trennen könnte. Kaum hatte dann auch die Tür sich hinter dem Herrn Pfarrer geschlossen, so drängte die ganze Versammlung dem Alm-Öhi entgegen, und jeder wollte der Erste sein, und so viele Hände wurden miteinander dem Herankommenden entgegengestreckt, dass er gar nicht wusste, welche zuerst ergreifen, und einer rief ihm zu: „Das freut mich! Das freut mich, Öhi, dass Ihr auch wieder einmal zu uns kommt!“, und ein anderer: „Ich hätte auch schon lang gern wieder einmal ein Wort mit Euch geredet, Öhi!“ Und so tönte und drängte es von allen Seiten, und wie nun der Öhi auf alle die freundlichen Begrüßungen erwiderte, er gedenke, sein altes Quartier im Dörfli wieder zu beziehen und den Winter mit den alten Bekannten zu verleben, da gab es erst einen rechten Lärm, und es war gerade so, wie wenn der Alm-Öhi die beliebteste Persönlichkeit im ganzen Dörfli wäre, die jeder mit Nachteil entbehrt hatte. Noch weit an die Alm hinauf wurden Großvater und Kind von den meisten begleitet, und beim Abschied wollte jeder die Versicherung haben, dass der Alm-Öhi bald einmal bei ihm vorspreche, wenn er wieder herunterkomme; und wie nun die Leute den Berg hinab zurückkehrten, blieb der Alte stehen und schaute ihnen lange nach, und auf seinem Gesichte lag ein so warmes Licht, als schiene bei ihm die Sonne von innen heraus. Heidi schaute unverwandt zu ihm auf und sagte ganz erfreut: „Großvater, heut wirst du immer schöner, so warst du noch gar nie.“

„Meinst du?“, lächelte der Großvater. „Ja, und siehst du, Heidi, mir geht's auch heut über Verstehen und Verdienen gut, und mit Gott und

Menschen im Frieden stehen, das macht einem so wohl! Der liebe Gott hat's gut mit mir gemeint, dass er dich auf die Alm schickte."

Bei der Geißenpeter-Hütte angekommen, machte der Großvater gleich die Tür auf und trat ein. „Grüß Gott, Großmutter", rief er hinein; „ich denke, wir müssen einmal wieder ans Flicken gehen, bevor der Herbstwind kommt."

„Du mein Gott, das ist der Öhi!", rief die Großmutter voll freudiger Überraschung aus. „Dass ich das noch erlebe! Dass ich Euch noch einmal danken kann für alles, das Ihr für uns getan habt, Öhi! Vergelt's Gott! Vergelt's Gott!"

Und mit zitternder Freude streckte die alte Großmutter ihre Hand aus, und als der Angeredete sie herzlich schüttelte, fuhr sie fort, indem sie die seinige fest hielt: „Und eine Bitte hab ich auch noch auf dem Herzen, Öhi: Wenn ich Euch je etwas zuleid getan habe, so straft mich nicht damit, dass Ihr noch einmal das Heidi fortlasst, bevor ich unten bei der Kirche liege. Oh, Ihr wisst nicht, was mir das Kind ist!", und sie hielt es fest an sich, denn Heidi hatte sich schon an sie geschmiegt.

„Keine Sorge, Großmutter", beruhigte der Öhi; „damit will ich weder Euch noch mich strafen. Jetzt bleiben wir alle beieinander und, will's Gott, noch lange so."

Jetzt zog die Brigitte den Öhi ein wenig geheimnisvoll in eine Ecke hinein und zeigte ihm das schöne Federnhütchen und erzählte ihm, wie es sich damit verhalte, und dass sie ja natürlich so etwas einem Kinde nicht abnehme.

Aber der Großvater sah ganz wohlgefällig auf sein Heidi hin und sagte: „Der Hut ist sein, und wenn es ihn nicht mehr auf den Kopf tun will, so hat es Recht, und hat es ihn dir gegeben, so nimm ihn nur."

Die Brigitte war höchlich erfreut über das unerwartete Urteil. „Er ist gewiss mehr als zehn Franken wert, seht nur!", und in ihrer Freude streckte sie das Hütchen hoch auf. „Was aber auch dieses Heidi für einen Segen von Frankfurt mit heimgebracht hat! Ich habe schon manchmal denken müssen, ob ich nicht den Peterli auch ein wenig nach Frankfurt schicken solle; was meint Ihr, Öhi?“

Dem Öhi schoss es ganz lustig aus den Augen. Er meinte, es könnte dem Peterli nichts schaden; aber er würde doch eine gute Gelegenheit dazu abwarten.

Jetzt fuhr der Besprochene eben zur Tür herein, nachdem er zuerst mit dem Kopf so fest dagegen gerannt war, dass alles erklirrte davon; er musste pressiert sein. Atemlos und keuchend stand er nun mitten in der Stube still und streckte einen Brief aus. Das war auch ein Ereignis, das noch nie vorgekommen war, ein Brief mit einer Aufschrift an das Heidi, den man ihm auf der Post im Dörfli übergeben hatte. Jetzt setzten sich alle voller Erwartung um den Tisch herum, und Heidi machte seinen Brief auf und las ihn laut und ohne Anstoß vor. Der Brief war von der Klara Sesemann geschrieben. Sie erzählte Heidi, dass es seit seiner Abreise so langweilig geworden sei in ihrem Hause, sie es nicht lang hintereinander so aushalten könne und so lange den Vater gebeten habe, bis er die Reise ins Bad Ragaz schon auf den kommenden Herbst festgestellt habe, und die Großmama wolle auch mitkommen, denn sie wolle auch das Heidi und den Großvater besuchen auf der Alm. Und weiter ließ die Großmama noch dem Heidi sagen, es habe Recht getan, dass es der alten Großmutter die Brötchen habe mitbringen wollen, und damit sie diese nicht trocken essen müsse, komme gleich der Kaffee noch dazu, er sei schon auf der Reise, und wenn sie selbst nach der Alm komme, so müsse das Heidi sie auch zur Großmutter führen.

Da gab es nun eine solche Freude und Verwunderung über diese Nachrichten und so viel zu reden und zu fragen, da die große Erwartung alle gleich betraf, dass selbst der Großvater nicht bemerkte, wie spät es schon war, und so vergnügt und fröhlich waren sie alle in der Aussicht auf die kommenden Tage und fast noch mehr in der Freude über das Zusammensein an dem heutigen, dass die Großmutter zuletzt sagte: „Das Schönste ist doch, wenn so ein alter Freund kommt und uns wieder die Hand gibt, so wie vor langer Zeit; das gibt so ein tröstliches Gefühl ins

Herz, dass wir einmal alles wieder finden, was uns lieb ist. Ihr kommt doch bald wieder, Öhi, und das Kind morgen schon?“

Das wurde der Großmutter in die Hand hinein versprochen; nun aber war es Zeit zum Aufbruch, und der Großvater wanderte mit Heidi die Alm hinan, und wie am Morgen die hellen Glocken von nah und fern sie heruntergerufen hatten, so begleitete nun aus dem Tale herauf das friedliche Geläut der Abendglocken sie bis hinauf zur sonnigen Almhütte, die ganz sonntäglich im Abendschimmer ihnen entgegenglänzte.

Wenn aber die Großmama kommt im Herbst, dann gibt es gewiss noch manche neue Freude und Überraschung für das Heidi wie für die Großmutter, und sicher kommt auch gleich ein richtiges Bett auf den Heuboden hinauf, denn wo die Großmama hintritt, da kommen alle Dinge bald in die erwünschte Ordnung und Richtigkeit, nach außen wie nach innen.